IDÉE
SUR
LES ROMANS

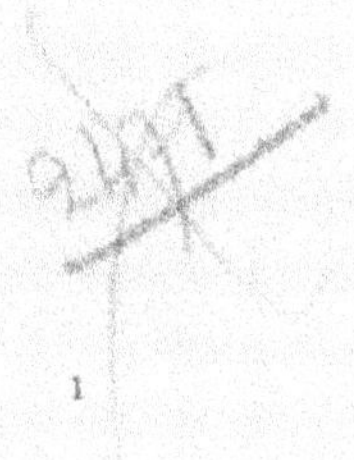

D. A. F. DE SADE

IDÉE SUR LES ROMANS

PUBLIÉE
AVEC PRÉFACE
NOTES ET DOCUMENTS INÉDITS
PAR
OCTAVE UZANNE

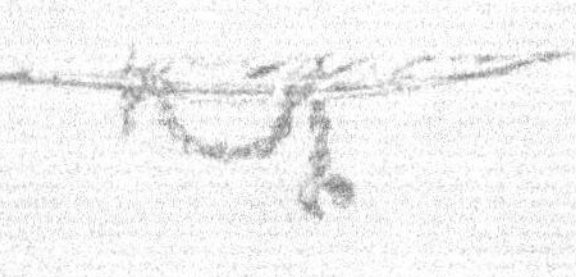

PARIS
LIBRAIRIE ANCIENNE ET MODERNE
ÉDOUARD ROUVEYRE
1, rue des Saints-Pères, 1
1878

JUSTIFICATION DES TIRAGES

DE LUXE

			Numéros.
1 Exemplaire imprimé		sur papier bleu. . . .	1
4 Exemplaires imprimés		sur parchemin	2 à 5
10	» »	sur papier du Japon. .	6 à 15
20	» »	sur papier de Chine. .	16 à 35
65	» »	sur papier Whatman. .	36 à 100

IDÉE

SUR LES ROMANS

PAR D. A. F. DE SADE

PUBLIÉE

AVEC PRÉFACE, NOTES ET DOCUMENTS INÉDITS

PAR

OCTAVE UZANNE

PARIS
LIBRAIRIE ANCIENNE ET MODERNE
EDOUARD ROUVEYRE
1, rue des Saints-Pères, 1
1878

LETTRE A L'ÉDITEUR

MON CHER MONSIEUR,

JE vous adresse aujourd'hui, avec prière d'en prendre connaissance et de me donner votre avis, un petit ouvrage oublié, aussi sobrement traité que curieux à plus d'un titre, d'une érudition aimable qui glisse mais qui n'appuie point, d'une allure aisée et simple, nullement pédagogique ou ennuyeuse.

Je vous prie de lire cette bagatelle honnête et intéressante qui a pour titre : *Idée sur les Romans*, et tout en vous faisant part des impressions favorables qui m'ont conduit au projet fort légitime de vous en proposer la publication, je ne crains pas de vous affirmer que vous ne sauriez vous effrayer outre mesure de l'infernale réputation de son auteur.

Certes, le nom seul de de Sade est un

terrible épouvantail, aussi bien pour les esprits timorés que pour les âmes vigoureusement trempées qu'ont pu souiller en passant ses monstrueuses doctrines; les ouvrages infâmes de ce rêveur de meurtres ont été sagement mis à l'index et poursuivis comme portant atteinte aux bonnes mœurs naturelles, et des stigmates d'ignominie resteront à jamais fixés aux révoltantes productions qui portent sa signature. — Il faut enfermer le poison, circonscrire la peste et condamner au feu, selon la loi de Lynch, les livres incendiaires qui anéantissent pour toujours la virginité du cœur.

Est-ce là, cependant, une raison suffisante pour abandonner l'aimable opuscule que je voudrais voir remettre au jour ? Assurément non — : Dans la fange sadique, nous découvrons une brochure décente, d'un intérêt indiscutable, qui forme le plus étrange contraste avec l'originalité même de son auteur ; nous comptons offrir aux curieux ce léger traité, moins indigeste et mieux conduit assurément qu'une foule de dissertations sur l'origine des Romans où le savoir est délayé en plusieurs tomes. Rien de plus logique. Nous n'avons, croyez-moi, à redouter que la censure des sots et des méchants, qui guettent d'un commun accord à l'affût du scandale, car le public restreint, délicat et instruit auquel nous nous adressons ne se montrera jamais assez mal intentionné pour supposer un seul instant que nous puissions spéculer sur l'immoralité d'un écrivain.

Vous hésitez encore ; j'essaie de vous convaincre ; le glaive de Thémis ne se transforme qu'à bon droit en épée de Damoclès, et, si, pour vous persuader, il ne vous faut qu'un complice, je serai celui-là. Du Conseil à la Préface, il n'y avait qu'un pas ; je le franchis sans crainte et je vous tends la main.

OCTAVE UZANNE.

Paris, 1er Août 1878.

PRÉFACE

SUR

L'ŒUVRE DE D. A. F. DE SADE

> Le scélérat a ses vertus, comme l'honnête homme a ses faiblesses.
>
> CHODERLOS DE LACLOS.

IL existe, nous en convenons, en littérature des Liaisons dangereuses, et il faut une certaine hardiesse pour associer son nom à celui d'un homme avili par lui-même et justement méprisé du public. Nous ne ferons pas ici un plaidoyer en faveur de de Sade dont nous serions plus volontiers l'accusateur que l'avocat, mais nous estimons comme une défaillance, lorsque le but est honorable, de conserver l'anonyme dans un travail purement Bibliographique et consciencieux. Ce n'est assurément pas sans une légitime pudeur que nous entreprenons cette préface ; mais il faut avouer que le Bibliographe est — qu'on nous passe le mot — une manière de chiffonnier, qui doit remuer souvent bien des immondices. — Devant d'informes amas où fermente le vice, les uns reculent avec effroi, tandis que d'autres plus audacieux, plus courageux, moins petits-maîtres, si l'on veut, s'approchent avec circonspection et prudence et, guidés par cette noble conviction d'être utiles à tous, se mettent bravement et patiemment à fouiller l'orde matière avec la bonne foi d'un Parent-Duchatelet. Nous osons, une fois par hasard, pousser nos investigations dans le Montfaucon littéraire où grouillent pêle-mêle tant d'œuvres monstrueuses et sanguinaires ; puissions nous au moins réunir ici, une fois pour toutes, des documents suffisants à l'incessante curiosité des lettrés.

« Des Barrières placées devant un précipice avertissent le voyageur des périls qui le

menacent, — écrit à propos de de Sade, l'honnête libraire Pigoreau, * *— que ne peut-on de même prémunir la jeunesse contre les dangers auquels elle s'expose en touchant les ouvrages enfantés par le libertinage et l'immoralité ! Nommer le Marquis de Sade, c'est souiller l'imagination, c'est rappeler les horreurs de sa vie privée et les crimes à la punition desquels il n'échappa que par le respect qu'on avait pour sa famille et par l'argent versé à pleines mains. »*

La meilleure barrière à placer devant une œuvre, c'est sa propre Bibliographie, qui, tout en indiquant, prévient. — La Bibliographie peut, à elle seule, plutôt éteindre que vivifier les impérieux désirs des mauvaises lectures ; elle désigne l'infamie, tout en proclamant le châtiment ; elle détaille et justie, mais elle flétrit et flagelle ; elle enseigne les détours savants du labyrinthe, mais elle en conspue le Dédale ; et, dans la concision froide et régulière

* Petite Bibliographie Biographico-Romancière, Paris, *Pigoreau, 1 vol. in-8°, p. 309.*

de sa forme scientifique, elle est plus utile que nuisible, car elle ne s'adresse qu'aux esprits mûrs et cultivés dont le jugement est inattaquable.

Nous resterons donc dans le Domaine Bibliographique de notre sujet, et si nous avons à parler du joli Marquis et de sa vie, nous ne le ferons qu'avec toute la retenue à laquelle un tel homme a droit.

II

La généalogie du Marquis de Sade est digne d'être placée sous les yeux des lecteurs, qui jugeront ainsi, mieux que jamais, de quel opprobre on doit recouvrir le misérable dont les forfaits, succédant à tant de vertus, déshonorèrent la glorieuse race d'honnêtes gens qui n'ont que la honte d'avoir été ses aïeux.

Le mari de la belle Laure, de la fille d'Audibert de Noves, de la Laure de Pétrarque, se nommait Hugues de Sade. — Paul de Sade, l'un de ses fils, devint Evêque de Marseille et donna des preuves d'une fervente et admirable charité. — Jean de Sade, neveu du dit évêque, fut un docte jurisconsulte que Louis II, roi d'Anjou, nomma premier président du premier parlement de Provence, tandis que son frère Eléazar de Sade, grand échanson de l'anti-pape Benoit XIII, rendait à l'empereur Sigismond de si éminents services qu'il lui fut permis d'ajouter l'aigle impériale aux armes de sa famille. — Pierre de Sade fut le premier viguier triennal de Marseille, de 1565 à 1568, et nous trouvons à la même époque un savant et digne évêque de Cavaillon, Jean Baptiste de Sade qui est auteur de Réflexions chrétiennes sur les devoirs pénitentiaux.— *En 1761, Joseph de Sade, chevalier de Malte, mourait maréchal de camp, et son fils, Hippolyte de Sade, se distinguait plus tard par sa bravoure au combat d'Ouessant, en 1778, et devait mourir, troisième chef d'escadre, en pleine mer, vers 1788. — François-Paul de Sade, ci-devant abbé d'Uxeuil, fut ce charmant et spirituel écrivain auquel nous devons ces excellents* Mémoires sur la vie de François Pétrarque, *en même temps qu'une traduction des œuvres du poète amoureux, et son frère aîné, après avoir été ambassadeur en Russie puis à Londres, devenait l'allié de la maison de Condé par Mademoiselle de Maillé, nièce du Cardinal de Richelieu, qui avait épousé le Grand Condé.*

Résumons maintenant très brièvement la vie du Marquis de Sade.

— Donatien-Alphonse-François de Sade naquit à Paris, dans la maison même du Grand Condé, le 2 juin 1740. — Les premières années de son enfance se passèrent en Provence, dans cette admirable Geuse parfumée, *comme l'appelait Godeau évêque de Grasse, au milieu des verts oliviers et des orangers en fleurs. — A dix ans, il fut placé au collège Louis-le-Grand, rue Saint-Jacques : c'est à ce moment qu'il nous est possible de comprendre les affreuses dispositions du jeune de Sade : c'était, à cette époque, un adorable adolescent dont le visage délicieux, pâle et mat, éclairé de deux grands*

yeux noirs, portait déja cette empreinte langoureuse du vice qui devait corrompre tout son entourage. Il avait ce je ne sais quoi de traînant et de caressant dans la parole qui attirait vers lui d'une sympathie invincible et cette tournure bercée sur les hanches, cette grâce mollement féminine qui lui procurèrent, dès l'internat, ces amitiés honteuses sur lesquelles on ne saurait insister.

Au sortir du collége, de Sade entra dans les chevau-légers, d'où il passa comme sous-lieutenant au régiment du roi. — Il fit, comme capitaine dans un régiment de cavalerie, la guerre de Sept ans en Allemagne et, à son retour à Paris, il épousa l'une des filles d'un président à la Cour des aides, Mademoiselle de Montreuil, une ravissante jeune fille aussi douce que vertueuse et aussi timide que remplie de mérite.

Nous n'étonnerons personne en annonçant que la nouvelle marquise fut la plus malheureuse des femmes. De Sade n'avait épousé Mademoiselle de Montreuil, l'aînée, que par ordre paternel; ses désirs, pour ne pas dire son amour, le portaient vers la sœur cadette. Il compromit si bien celle-ci, après son mariage, par ses assiduités déplacées qu'on dût l'enfermer dans un couvent.

Mais ne nous arrêtons pas aux divers détails d'une vie que nous ne faisons qu'effleurer en courant, de peur de nous embourber dans la fange marécageuse qui en forme le fond. Disons que de Sade, pour s'étourdir et se soustraire à la passion incestueuse qui le dévorait, se lança éperdûment dans le libertinage le plus effréné, laissant sa pauvre compagne plongée dans l'isolement et dans les larmes.

C'est ici que nous voyons ce monstre, relégué en Provence, au Château de la Coste, par ordre supérieur, commettre ce crime fameux qui lui valut un procès raconté en détail par un savant Bibliophile, puis enlever sa propre belle-sœur qu'il avait su gagner à ses supplications amoureuses et sinistres. Plus tard, nous le retrouvons dans l'affaire de Rose Keller, qui fit instruire contre lui un nouveau procès, dont la procédure fut arrêtée par ordre du roi, par égard pour sa malheureuse famille.

Conduit à la prison de Pierre-Encise, à Lyon, de Sade obtint sa grâce après six semaines de réclusion.

Jusqu'alors ce fanfaron du vice avait pratiqué les plus honteuses débauches ; il voulut faire mieux, il se mit à en aborder la théorie et à écrire, selon son mot, ses pensées et ses souvenirs :

« Dans ce débordement de pages licencieuses, comment commencer et par où finir, s'écrie le bon Jules Janin, qui rédigea sur le Marquis de Sade, une longue et curieuse étude, comment faire cette analyse de sang et de boue ? comment soulever tous ces meurtres ? où sommes-nous ? ce ne sont que cadavres sanglants, enfants arrachés aux bras de leurs mères, jeunes femmes qu'on égorge à la fin d'une orgie, coupes remplies de sang et de vin, tortures inouïes, coups de bâtons, flagellations horribles. On allume des chaudières, on dresse des chevalets, on brise des crânes, on dépouille des

hommes de leur peau fumante; on crie, on jure, on blasphème, on se mord, on s'arrache le cœur de la poitrine, et cela pendant douze ou quinze volumes sans fin; et cela, à chaque page, à chaque ligne, toujours, — oh! quel infatigable scélérat! Dans son premier livre, (Justine) *il nous montre une pauvre fille aux abois, perdue, abîmée, accablée de coups, conduite par des monstres de souterrains en souterrains, de cimetières en cimetières, battue, brisée, dévorée à mort, flétrie, écrasée. — Il n'a pas de cesse qu'il n'ait accumulé dans ce premier ouvrage toutes les infamies, toutes les tortures: Celui qui oserait calculer ce qu'il faudrait de sang et d'or à cet homme, pour satisfaire un seul de ses rêves frénétiques serait déjà un grand criminel. — On frémit rien qu'à s'en souvenir. Le tremblement vous saisit rien qu'à ouvrir ces pages; puis, quand l'auteur est à bout de crimes, quand il est là haletant sur les cadavres qu'il a poignardés et violés, quand il n'y a pas une église qu'il n'ait souillée, pas un enfant qu'il n'ait immolé à sa rage, pas une pensée morale sur laquelle il n'ait jeté les immondices de sa pensée et de sa parole, cet homme s'arrête enfin ; il se regarde, il se sourit à lui même, il ne se fait pas peur. Au contraire, le voilà qui se complaît dans son œuvre, et comme il trouve qu'à son œuvre, toute abominable qu'il l'a faite, il manque encore quelque chose, voilà ce damné qui s'amuse à* illustrer *son livre, qui dessine sa pensée et qui accompagne de gravures dignes de ce livre, ce livre digne de ces gravures : et de tout cela il résulte le plus épouvantable monument de la dégradation et de la folie humaines, devant lequel même la vieille Rome, à son moment de décadence et de luxe, à l'heure où les Romains jetaient leurs esclaves aux poissons de leurs viviers, aurait reculé frappée de honte et d'effroi. »*

Que pourrions-nous ajouter à ces pages vives et éloquentes de l'auteur de L'âne mort ? *que dirions nous qui puisse mieux peindre l'orgie sacrilège de* Justine, *ou de* La Philosophie dans le boudoir, *si ce n'est que les héros de Sade : Bressac, Dolmancé, Cœur-de-fer, l'instituteur Rodin et autres sont des monstres dignes de faire pâlir les Tibère, les Néron ou les Borgia ; que ses héroïnes, femmes ou filles, proxénètes ou tribades, ont une bassesse orgueilleuse dans laquelle elles semblent se faire gloire de se vautrer superbement, et que cet homme abject qui fit mouvoir ces pantins grotesques trouve, pour les faire parler, des sentiments d'un étonnant cynisme tout en sachant mettre dans la voix de la vertu qui lutte et succombe des notes émues, vibrantes, déchirantes, dont le contraste brutal plonge dans le plus bizarre étonnement.*

Les théories de Sade ont la valeur d'un paradoxe en délire ; il prétend peindre le vice tel qu'il existe, et toutes ses doctrines semblent condensées dans cette merveilleuse épigraphe :

On n'est pas criminel pour faire la peinture,
Des bizarres penchants qu'inspire la nature.

Mais revenons au précis biographique du

Marquis ou plutôt du Comte de Sade que nous avons hâte de conduire à Charenton, comme il en fut digne. — Enfermé au donjon de Vincennes, en 1772 ou en 1773, pour une orgie dans une maison suspecte, notre libertin fut transporté à la Bastille où il se trouvait encore le 17 mars 1790, jour où parut le décret de l'Assemblée Constituante qui rendait la liberté à tous les prisonniers enfermés par lettres de cachet. — Pendant la Révolution et la Terreur, le Citoyen Sade devient populaire; il est fait, sur sa réputation, secrétaire de la Société des Piques, *puis, par un brusque revirement populaire, accusé d'être suspect, il est emprisonné aux Madelonnettes.*

Nous le rencontrons de nouveau sous le Directoire, toujours ferme, toujours vaillant à mal faire, toujours sur la brèche du libertinage; il écrit à cette époque Zoloé et ses deux Acolytes, *pamphlet aussi indécent que violent dirigé contre Joséphine de Beauharnais, alors épouse du premier consul, et contre Mesdames Tallien et Visconti; — bien plus, il en fait tirer 5 exemplaires à part sur fort papier vélin et a la hardiesse de les adresser aux Cinq Directeurs. — Bonaparte devenu Empereur se souvint de l'outrage qui lui avait été fait ; il envoya au préfet de police l'ordre de faire enfermer dans la maison de Charenton, le nommé Sade, fou dangereux et incurable. — Dans une de ses comédies, de Sade émettait cette pensée philosophique :*

> Tous les hommes sont fous, il faut, pour n'en point voir,
> S'enfermer dans sa chambre et briser son miroir.

Cette fois-ci, Sade put contempler la folie humaine à son aise, car il ne devait pas sortir de Charenton; il eut beau adresser des suppliques au citoyen ministre de la police, protester en toutes occasions de son innocence, ce vétéran de la prison, devait y mourir. — Il expira le 2 décembre 1814, doucement, sans secousse, sans infirmité. — Notons ici un rapport intéressant d'un savant disciple de Gall, sur la tête même du marquis.

« Ce crâne mis à nu, ressemblait à tous les crânes de vieillards ; c'était un mélange

singulier de vices et de vertus, de bienfaisance et de crimes, de haine et d'amour; cette tête, que j'ai sous les yeux, est petite, bien conformée; on la prendrait au premier abord pour la tête d'une femme, d'autant plus que les organes de la tendresse maternelle et de l'amour des enfants y sont aussi saillants que sur la tête d'Héloïse, ce modèle de tendresse et d'amour. »

*De Sade laissait un testament * dont voici le dernier paragraphe :*

« Je défends que mon corps soit ouvert sous quelque prétexte que ce puisse être. Je demande avec la plus vive instance qu'il soit gardé quarante-huit heures dans la chambre où je décéderai, placé dans une bière de bois qui ne sera clouée qu'au bout des quarante-huit heures prescrites ci dessus, à l'expiration desquelles la dite bière sera clouée; pendant cet intervalle, il sera envoyé un exprès au sieur Lenormand,

** Ce testament a été retrouvé à Charenton après la mort de de Sade. Ces dernières volontés ont été publiées pour la première fois dans* Le Livre, *par J. Janin, in-8°, 1870, p. 291.*

marchand de bois, boulevard de l'Egalité, nº 101, à Versailles, pour le prier de venir lui-même, suivi d'une charette, chercher mon corps pour être transporté, sous son escorte, au bois de ma terre de la Malmaison, commune de Mancé, près d'Epernon, où je veux qu'il soit placé, sans aucune espèce de cérémonie, dans le premier taillis fourré qui se trouve à droite dans le dit bois, en y entrant du côté de l'ancien château par la grande allée qui le partage. La fosse sera pratiquée dans ce taillis par le fermier de la Malmaison, sous l'inspection de M. Lenormand, qui ne quittera mon corps qu'après l'avoir placé dans la dite fosse; il pourra se faire accompagner dans cette cérémonie, s'il le veut, par ceux de mes parents ou amis, qui, sans aucune espèce d'appareil, auront bien voulu me donner cette dernière marque d'attachement. La fosse une fois recouverte, il sera semé dessus des glands, afin que par la suite, le terrain de la dite fosse se trouvant regarni et le taillis se trouvant fourré comme il l'était auparavant, les traces de ma tombe disparaissent de dessus la surface de la terre. Comme je me flatte *que ma mémoire s'effacera de l'esprit des hommes.*

« *Fait à Charenton-Saint-Maurice, en état de raison et de santé, le 30 janvier 1806.*

« *Signé :*

« D. A. F. SADE. »

Nous n'avons abordé la biographie de de Sade qu'avec la constante préoccupation d'arriver à son œuvre. L'homme a été sacrifié, nous n'avons guère mieux parlé de lui que ne l'eût fait un dictionnaire biographique; nous ne pouvions cependant embrasser l'œuvre d'un écrivain sans cotoyer son existence, et, dans cette terrible confection d'une préface, écrasé entre la couverture et le texte même d'un ouvrage, on a toujours à craindre la voix anxieuse de l'éditeur qui vous crie le : Ne quid nimis *de Térence, alors même que, le plus souvent, les documents se pressent sous la plume. Devenons donc, si vous le voulez bien, le froid nomenclateur des ouvrages du citoyen comte et marquis de Sade.*

III

Nous diviserons la Bibliographie du Marquis de Sade en deux parties : les productions dramatiques et les romans. Nous traiterons cette partie avec toute la froideur et la concision d'un catalogue. Commençons d'abord par les œuvres théâtrales :

1° Oxtiern ou les Malheurs du libertinage, *drame en 3 actes et en prose, par D. A. F. S. Versailles, Blaizot, an VIII, in-8° de 48 p.* *.

(Voyez le Catalogue de la Bibliothèque dramatique de M. de Soleinne, *n° 2542.*

* Oxtiern *fut joué avec succès sur le théâtre de Molière dans les premiers jours de novembre 1791 et repris à Versailles le 13 décembre 1799.*

M. P. L. Jacob, Bibliophile, y a joint une note intéressante).

2° Julia ou le Mariage sans femme, *folie-vaudeville en 1 acte.*

(*Manuscrit attribué à de Sade.* Catalogue Soleinne, *n° 3879.)*

3° Le Misanthrope par amour ou Sophie et Desfrancs, *comédie en 5 actes et en vers. Reçue d'une voix unanime au Théâtre-Français, en 1790, et qui valut à l'auteur ses entrées pendant cinq ans* *.

4° L'Homme dangereux ou le Suborneur, *comédie en 1 acte et en vers de dix syllabes. Reçue au Théâtre Favart en 1790. Cette pièce n'a jamais été imprimée.*

5° La France f....., *comédie lubrique et royaliste, n° 5796 (1796), in-8°. Cette pièce figure au Catalogue Soleinne* **.

* *Cette comédie n'a jamais été imprimée; voyez, à la fin de cette préface, la lettre inédite qui y fait allusion.*

** *Le savant rédacteur du* Catalogue Soleinne, *M. Paul Lacroix, attribue cette pièce à de Sade. La lecture de certaines notes qui y figurent pourrait*

6° L'Epreuve, *comédie en 1 acte et en vers. 1782 (Pièce saisie par la police).*

7° L'Ecole du jaloux; Le Boudoir. *Reçue en 1791 au Théâtre Favart.*

8° Cléontine ou la Fille malheureuse, *drame en 3 actes et en prose. 1792 ?.*

La Biographie universelle de Michaud cite encore plusieurs pièces manuscrites de de Sade : Le Prévaricateur ou le Magistrat du temps passé ; Le Capricieux ou l'Homme inégal, *pièce reçue au Théâtre Louvois et retirée par l'auteur;* Les Jumelles, 2 *actes et en vers;* Les Antiquaires, *1 acte et en prose. — 4 drames :* Henriette et Saint-Clair ou la Force du sang ; L'Egarement de l'infortune; Franchise et Trahison; Fanny ou les Effets du désespoir. *Nous renvoyons les curieux à la longue nomenclature d'œuvres inédites publiée par la Biographie Michaud.*

seule nous en convaincre. « Lorsqu'il s'agit du bien, est-il dit dans un passage, qu'importe comment on l'opère. N'avez-vous jamais pris de poison pour vous guérir ? » La France f..... *a paru dans les catalogues Saint-Mauris, Baillet, Leber (n° 5016) et Pixéricourt, vente de 1839, p. 368.*

Dans la Revue anecdotique, *tome X (Nouvelle Série, tome I), 1860, p. 101 à 106, on trouvera des notes très curieuses sur les pièces jouées par de Sade à Charenton ainsi qu'une lettre inédite adressée à Mme Cochelet sur le spectacle du 23 mai 1810. On y voit non-seulement quel était le programme de cette fête, mais encore le chiffre et les noms des personnages qui composaient l'assistance.*

ROMANS ET AUTRES ŒUVRES

1° Justine ou les Malheurs de la vertu*, *en Hollande, chez les Libraires associés, 1791,*

* *Le Marquis de Sade s'est toujours défendu d'être l'auteur de* Justine. *Non-seulement ses lettres adressées de prison au préfet de police et ses protestations dans l'ouvrage que nous réimprimons le prouvent, mais nous citerons encore ce passage d'une lettre inédite de de Sade, qui s'est trouvée vendue en 1861 (vente de M. Font....) cette lettre est datée du 24 fructidor 1795 ?*

« Il circule dans Paris, y est-il dit, un ouvrage informe ayant pour titre : Justine ou les Malheurs de la vertu ; *plus de deux ans auparavant j'avais fait paraître un roman de moi intitulé :* Aline et Valcour ou le Roman philosophique. *Malheureusement pour moi, il a plu à l'exécrable auteur de*

2 vol. in-8° de 283 et 191 p. Frontispice par Chéry. Cette édition est mentionnée au Catalogue de Pixérécourt, n° 1239.

2° Justine, *etc., en Hollande, 1791. Réimpression en 2 vol., dans le format in-12, de l'édition qui précède. Le frontispice est réduit et gravé par Texier. On trouve quelquefois cette édition ornée de 12 figures libres avec encadrements de têtes de mort, chaînes et instruments de supplice. (Voyez Cohen :* Guide de l'Amateur de Livres à figures, *1876, col. 437).*

3° Justine, *etc., à Londres (Paris, Cazin), 1792, 2 vol. in-16 de 337 et 288 p. Joli frontispice d'après Chéry et 5 figures libres non signées. Cet ouvrage est le plus licencieux qui soit sorti des presses clandestines de Cazin. (Voyez :* Cazin, sa Vie et ses Editions, *par un Cazinophile, 1 vol. in-16, Reims 1876 Paris, Ed. Rouveyre, p. 158).*

Justine (?) *de me voler une situation, mais qu'il a obscenisée, luxuriosée de la plus dégoutante manière. Il n'en a pas fallu davant :ge pour faire dire à mes ennemis que ces deux ouvrages m'appartenaient.*

Signé : *De SADE.*

4° Justine, *etc., 3me édition (4me) corrigée et augmentée, à Philadelphie, 1794, 2 vol. in-18, ornée de 8 gravures libres dont un frontispice allégorique non signé. Cette édition est précédée d'un avis de l'éditeur et d'une dédicace* « A ma bonne Amie »; *elle est d'une exécution comparativement très belle; le papier est légèrement bleuté.*

5° Justine, *etc., à Londres (Paris), 1797, 4 vol. in-18 avec 6 figures, augmenté d'épisodes nouveaux et exécuté avec un luxe typographique inusité à cette époque. (Voyez : Quérard,* France littéraire.)

6° Justine, *etc., en Hollande, 1800, 4 vol. in-18 de 136, 136, 134 et 132 p., 12 figures libres dont 4 charmants frontispices. Cette édition n'est que la contrefaçon de l'édition Cazin, 1792.*

7° Juliette ou la Suite de Justine, *1re édition, S. L., 1796, in-8°. (Voyez : Barbier,* Dict. des Anonymes, *n° 9127.)*

8° La Nouvelle Justine ou les Malheurs de la vertu, *suivi de l'*Histoire de Juliette, sa sœur, ou les Prospérités du vice, *Hollande (Paris, Bertrandet?), 1797, 10 vol. in-18, dont 4 de* Justine *et 6 de* Juliette. *Ouvrage orné d'un frontispice et de 100 sujets gravés avec soin. Il existe plusieurs éditions sous la rubrique de Hollande et sous la même date; les réimpressions modernes exécutées en Belgique conservent également le même titre et la même date. La* Nouvelle Justine *est la troisième rédaction de cet exécrable ouvrage. On doit trouver à la fin du tome VI l'indication au relieur contenant l'ordre des gravures *. Les mêmes gravures se rencontrent lithographiées ou modifiées presque au trait. (Voyez : Cohen et l'excellent* Catalogue des ouvrages condamnés, *rédigé par Fernand Drujon, Paris, Ed. Rouveyre, 1878, in-8°, p. 215.)*

9° Justine ou les Malheurs de la vertu (*attribué à Raban*) *avec préface par le Marquis de Sade. Paris, Olivier, Impr. Maltesse,*

* *M. B., Bibliophile à Paris, possède, selon le guide Cohen, tous les dessins originaux de* Justine, *plus un dessin inédit et douze dessins originaux de* Juliette.

1835, 2 vol. in-8°, et, également, Paris, chez Bordeaux, éditeur, Hôtel Bullion, 1836, 2 vol. in-8°. Cet ouvrage n'est qu'une éhontée spéculation qui ne rappelle que par le titre le roman de de Sade. Le mot Préface *est imprimé très fin et une longue épigraphe sur la prospérité du crime accapare une grande place au milieu de la couverture. Un arrêt de la Cour d'assises ordonna la destruction du livre et condamna l'auteur (?) à six mois de prison et 3,000 francs d'amende* (Moniteur *du 26 juin 1836*).

10° Lettre sur le Roman intitulé : « Justine ou les Malheurs de la vertu », *par Charles Villiers. Paris, 1871. Plaquette curieuse.*

11° Justine und Juliette, oder die Gefahren der Tugend und die Wonne des Lasters, *etc., Leipzig, Carl Mind, 1874. Cette traduction allemande ne donne qu'un abrégé de l'œuvre de Sade avec des appréciations intéressantes.*

12° En fructidor an VII, Prévost, directeur

du Théâtre sans prétention, *fit annoncer une pièce intitulée :* Justine ou les Malheurs de la vertu ; *la police interdit la représentation.*

13° L'Anti-Justine ou les Délices de l'amour, *par M. Linguet, avocat au et en Parlement (Restif de la Bretonne). Au Palais-Royal, chez feu la veuve Girouard, 1798. (Voyez : Bibliographie de Restif de la Bretonne, par P. L. Jacob, Bibliophile. Paris, 1875, p. 413 et suivantes.)*

14° La Philosophie dans le boudoir ou les Instituteurs libertins, *Dialogue. Ouvrage (prétendu) posthume de l'auteur de* Justine. *A Londres (Paris), aux dépens de la Compagnie, 1795, 2 vol. in-18 de 290 et 216 p., orné d'un frontispice et de 4 figures libres. Cette édition a été plusieurs fois contrefaite de nos jours, en Belgique, sous la même rubrique et la même date. (Voyez le* Catalogue d'une Petite Bibliothèque érotique *qui se distribue à Bruxelles.) On voit cette épigraphe sur le titre de ces réimpressions :* La mère en prescrira la lecture à sa fille.

15° La Philosophie dans le boudoir, *Londres (Paris), 1830, 2 vol. in-18 avec 10 lithographies obscènes. Des photographies assez mal exécutées remplacent les lithographies dans certains exemplaires de cette édition.*

16° Aline et Valcour ou le Roman philosophique, écrit à la Bastille un an avant la Révolution, *par le* Citoyen *S...* *, *Paris, Girouard, Libraire, 1793. 8 vol. pet. in-12, et Paris, Maradan, 1795, 8 parties in-18 avec figures et le frontispice renouvelé. On nous dit avoir vu des exemplaires sous la même date publiés par Mme veuve Girouard, sans le nom du citoyen Sade, et précédés d'une épigraphe de sept vers latins empruntés à Lucrèce. Il parut plus tard deux copies abrégées d'*Aline et Valcour *sous les titres de :* Valmor et Lydia ou

* Aline et Valcour *fut condamné par arrêt de la Cour Royale en date du 19 mai 1815. Voyez* Catalogue des ouvrages condamné, *p. 13. Un ouvrage anglais publié à Londres en 1877 :* Index librorum prohibitorum, *par Pisanus Fraxi (pseudonyme), donne des détails sur* Aline *et* Valcour *et sur un ouvrage inédit de Sade dont le manuscrit est chez un amateur Parisien.*

Voyage autour du monde de deux amants qui se cherchent, *Paris, Pigoreau ou Leroux, an VII, 3 vol. in-12 ; et* Alzonde et Koradin, *Paris, Cercoux et Moutardier, 1799. 2 vol. in-18. (Voyez à la fin de l'*Idée sur les Romans *la note de Sade relative à ces romans.)*

17° La Marquise de Ganges, *Paris, Béchet, 1813, 2 vol. in-12. Roman ennuyeux et sombre attribué au Marquis de Sade.*

18° Pauline et Belval ou les Victimes d'un amour criminel, anecdote parisienne du XVIIIe siècle, *Paris, an VI (1798), 3 vol. in-12; et Paris, 1817, 2 vol in-12 avec figures. Ce roman ne nous est connu que par l'attribution à de Sade qu'en a faite Pigoreau dans sa* Petite Bibliographie romancière.

19° L'Etourdi, *Lampsaque, 1784, 2 vol. in-18. Cette mauvaise production a été attribuée au Marquis par M. Paul Lacroix, dans une note qui accompagne l'annonce d'un exemplaire de cet ouvrage, au* Bulletin du Bibliophile *(1857, p. 153).*

20° Les Crimes de l'Amour ou le Délire des passions; Nouvelles héroïques et tragiques, *précédé d'une* Idée sur les Romans *et orné de gravures, par D. A. F. Sade, auteur d'Aline et Valcour. A Paris, chez Massé, an VIII. 2 vol. in-8°* et 4 vol. in-12.*

21° L'Auteur des Crimes de l'amour à Villeterque, folliculaire. *Paris, Massé, an IX, in-12 de 19 p. — Libelle violent et grossier en réponse à une critique très fondée des Crimes de l'Amour, faite par Villeterque dans le* Journal de Paris *en 1800.*

22° Zoloé et ses deux acolythes ou Quelques Décades de la vie de trois jolies femmes. *Histoire véritable du siècle dernier, par un contemporain. A Turin (Paris), chez tous les marchands de nouveautés. De l'Imprimerie de l'auteur. Thermidor, an VIII, in-12. Frontispice gravé non signé.*

Cet ouvrage satirique et obscène est dirigé contre Joséphine de Beauharnais, épouse de Bo-

* *L'exemplaire in-8° de M. Solar, dans une demi-reliure, a été adjugé 45 fr. à sa vente en 1860.*

4

naparte, et Mmes *Tallien et Visconti. Le frontispice représente ces trois héroïnes, qui, dans ce Roman, sont peintes sous les noms de Lauréda, de Volsange et de Zoloé. Ce fut sur le rapport qu'on lui fit de ce libelle que Bonaparte, premier consul, donna l'ordre d'enfermer à jamais, comme fou furieux, le citoyen Sade à Charenton.*

23° Couplets chantés à Son Eminence le Cardinal Maury, *le 6 octobre 1812, à la maison de santé près de Charenton. Ces couplets ont été transcrits dans la* Revue rétrospective. *Sade les avait mis sous le nom des recluses de la maison.*

ÉTUDES SUR LE MARQUIS DE SADE

1° Un article de M. Jules Janin, inséré dans la Revue de Paris, *1834, p. 321 à 360, sous le titre :* Le Marquis de Sade, *a été reproduit dans les* Catacombes *(6 vol. in-18) et donné plus tard en abrégé dans* Le Livre. *In-8°, 1870.*

2° Le long et savant article de M. Paul Lacroix, La Vérité sur les deux procès criminels du Marquis de Sade, *parut en premier lieu dans la* Revue de Paris, *1837, p. 135 à 144. Il forme l'un des 12 fascicules in-8° parus chez Techener, de 1838 à 1847, sous le titre général de :* Dissertations sur quelques points curieux de l'Histoire et de l'Histoire littéraire, *par le Bibliophile Jacob. Cette notice, enfin, a été imprimée définitivement dans la* Nouvelle Bibliothèque de poche (Curiosités de l'Histoire de France, *2e série :* Les Procès célèbres. *Paris, 1858, in-12, p. 225*).

3° Une publication biblio-biographique très mal exécutée réunit les études de MM. J. Janin et P. Lacroix, sous le titre Le Marquis de Sade, *Paris, chez les Marchands de nouveautés, 1834 (fausse date évidemment, car, à cette époque, l'article de M. Lacroix n'était pas encore écrit). 1 vol. in-12 carré de VIII et 62 p., précédé d'un médaillon fantaisiste de de Sade provenant de la collection de M. de*

La Porte. Disons à ce propos qu'on ne connaît aucun portrait authentique du Marquis. Un autre portrait, dans un entourage de démons, nous présente Sade avec un visage jeune. Cette gravure ridicule accuse la provenance de la collection de M. H..., de Paris. Ce portrait est aussi faux que les autres.

4° Le Marquis de Sade, L'Homme et ses écrits. *Etude bio-bibliographique. Sadopolis, chez Justin Valcourt, à l'enseigne de la « Vertu malheureuse », l'an 0000. (Bruxelles, J. Gay, 1866), pet. in-12 de 72 p. — Tiré à 150 exemplaires, tous sur vergé de Hollande (Attribué à M. G. B., de B.). — La destruction de cet ouvrage fut ordonnée, pour outrages à la morale publique (?) le 7 mai 1874. (Voyez :* Catalogue des ouvrages condamnés, *p. 243.) Cet opuscule, très-bien composé, donne en appendice : « le Discours prononcé à la* Section des Piques, *par Sade, citoyen de cette section et membre de la Société populaire. »*

5° Il a paru à Bruxelles vers 1872, un vo-

lume sous le titre : Le Marquis de Sade, Zoloé et ses deux acolytes, avec notices biographiques et bibliographiques, *par un savant Bibliophile. Nous n'avons pu nous procurer ce volume.*

On trouvera de curieux détails sur Sade dans les ouvrages suivants :

Mémoires secrets de Bachaumont, *tome VI; — Charles Nodier ;* Souvenirs, Portraits de la Révolution et de l'Empire. *Charpentier, 2 vol. ;* — Biographie universelle (*article de Michaud jeune*) *;* — Biographie générale, *tome XLII, article signé J. M. r. i.;* — Revue rétrospective, *publiée par M. J. Taschereau ;* — Lettres de la Marquise du Deffand à Horace Walpoole; — Histoire de l'Art pendant la Révolution, *par Renouvier ;* — L'Espion anglais, *tome II; — Sébastien Mercier*, Nouveau Tableau de Paris, *etc.*

IV

Nous avons terminé notre aperçu bibliogra-

phique en nous efforçant de ne pas sortir de la rigidité du Catalogue. Si nous avons entrepris cette manière de préface, c'est en mettant dehors tout esprit critique et toute prétention à une œuvre littéraire. Il n'y a que deux façons d'aborder un homme comme ce Marquis honteux : il faut, soit le peindre de pied en cap, en disséquant jusqu'aux moindres fibres de son être, soit abandonner l'homme pour remuer dédaigneusement l'œuvre, essayer de la classer, sans commentaires ni étalage d'érudition. C'est à ce dernier parti que nous nous sommes fixé.

Nous donnons, à la suite de cet essai, quelques lettres inédites dont nous devons la communication à MM. François Coppée et Georges Monval, archivistes du Théâtre-Français. Ces lettres offrent un intérêt d'autant plus vif qu'elles présentent le Marquis de Sade comme un des nombreux auteurs dramatiques monomanes. Nous avons pris copie des plus originales; les autres ne témoignent que d'une obséquiosité et d'une platitude étonnantes.

*Parlerons-nous ici de l'*Idée sur les Romans? *Certes, notre devoir s'y trouve quelque peu engagé; mais nous sommes si voisin du texte original de cet ouvrage, annoté par nous de certains éclaircissements nécessaires, nous craignons tant de fatiguer le lecteur que nous le prions de vouloir bien tourner le feuillet : la meilleure critique est moins celle que l'on partage que celle qu'on se forme.*

Octave Uzanne.

LETTRES DE DE SADE

CONSERVÉES AUX ARCHIVES DE LA COMÉDIE-FRANÇAISE

I

Messieurs,

Permettez que j'aie l'honneur de vous rappeler sans cesse les sentiments d'estime et d'attachement qui, depuis des années, me lient à votre théatre. J'en ai fait profession dans tous les temps, j'ose dire même (et les preuves existent) que pour avoir pris votre parti avec trop de chaleur lors de vos derniers troubles, vos ennemis m'ont écrasé dans des papiers publics, sans que jamais rien m'ait découragé : la récompense de mon attachement a été votre refus du dernier ouvrage que je vous ai lu, et qui, j'ose le dire, n'était pas fait pour être traité aussi sévèrement.

Quelque chagrin que m'ait fait éprouver ce refus formel, rigoureux et général, je ne vous en consacre pas moins à l'avenir et ce qui reste dans mon portefeuille et ce qui le remplira de nouveau. Mais, Messieurs, permettez que, traité par vous si rigoureusement dans l'occasion que je viens de citer, j'éprouve au moins et votre indulgence et votre équité sur deux autres objets.

Vous avez depuis longtemps une pièce à moi, unanimement reçue par vous *; dès que j'accepte tous les arrangements nouveaux qu'il vous a plu de faire avec les auteurs, je vous demande avec instance, Messieurs, de la faire passer le plus tôt possible; donnez-moi cet encouragement, je vous en supplie : cela doit vous être facile, s'il est vrai, ainsi qu'on le dit, que plusieurs auteurs, ne voulant pas adopter vos arrangements, ayant retiré leurs pièces. Moi, je souscris à tout, Messieurs, et ne vous demande que de ne pas me faire languir.

L'autre faveur implorée par moi, Messieurs, parce que vous me l'avez promise en dédommagement de la mauvaise réception que vous fites à ma dernière comédie, consiste à vous prier de vouloir bien entendre le plus tôt possible la lecture de trois ou quatre ouvrages tous prêts à vous être présentés et que je voudrais ne pas donner ailleurs.

Aussitôt que vous aurez bien voulu me faire

* *Le Misanthrope par amour* ou *Sophie et Desfrances*, reçue en septembre 1790.

savoir le jour qu'il vous plaira de m'accorder, j'aurai l'honneur de vous porter celui de quatre, que je croirai le plus digne de vous être offert.

J'ai l'honneur d'être,

Messieurs,

Avec les sentiments de la plus haute considération,

Votre très humble et très
obéissant serviteur,

DE SADE.

2 mai 1790.

II

Je soussigné déclare que c'est faussement et contre ma volonté et mon assentiment que mon nom se trouve sur la liste des auteurs qui ont délibéré qu'il ne devait être accordé que 700 livres de frais par jour à la Comédie française. J'atteste n'avoir mis mon nom que sur la liste de ceux qui ont signé à la minorité, que par des considérations particulières, il devait être accordé *huit cents livres* et viens pour certifier cette façon de penser de ma part en adressant une lettre publique à Messieurs les auteurs signée de moi et dont je distribuerai des copies à Messieurs les comédiens français, afin qu'ils soient persuadés de ma façon de penser.

DE SADE.

A Paris, ce lundi 17 septembre 1790.

III

J'ai pris connaissance des conditions réglementaires auxquelles les comédiens français ordinaires du Roi reçoivent les pièces où ils s'engagent à jouer ainsi que de la convention pécuniaire qu'ils font à chaque ouvrage.

Je souscris aux conditions règlementaires et je promets de signer le marché pécuniaire si ma pièce intitulée *La Ruse d'amour ou l'Union des arts*, pièce en six actes, et en vers prose et vaudeville est reçue.

A Paris, le 27 janvier 1792.

De SADE.

IV

Si la Comédie française, Monsieur, n'agrée point l'offre que je lui ai faite d'une petite pièce en un acte et que j'ai eu l'honneur de vous envoyer dernièrement, je vous prie de me la renvoyer. Je n'imaginais pas qu'il fallut être soumis aux mêmes délais pour ce que *l'on donne* que pour ce que *l'on vend*.

En un mot, Monsieur, je vous prie de m'instruire du sort de cette négociation et de me croire avec tous les sentiments possibles,

Votre concitoyen,

SADE.

Ce 16 mars 1793, l'an 2 de la République, rue Neuve-des Mathurins, Chaussée d'Antin, n. 20.

IDÉE

SUR LES ROMANS

IDÉE SUR LES ROMANS

On appelle Roman, l'ouvrage *fabuleux* composé d'après les plus singulières aventures de la vie des hommes ; *

Mais pourquoi ce genre d'ouvrage porte-t-il le nom de Roman?

Chez quel peuple devons-nous en chercher la source, quels sont les plus célèbres?

Et quelles sont enfin, les règles qu'il faut

* Huet donne cette définition plus juste : ce que l'on appelle proprement Roman sont des histoires feintes d'aventures amoureuses, écrites en prose avec art pour le plaisir et l'amusement des lecteurs.

suivre pour arriver à la perfection de l'art de l'écrire?

Voilà les trois questions que nous nous proposons de traiter; commençons par l'étymologie du mot.

Rien ne nous apprenant le nom de cette composition chez les peuples de l'antiquité, nous ne devons, ce me semble, nous attacher qu'à découvrir par quel motif elle porta chez nous, celui que nous lui donnons encore.

La langue *Romane* était comme on le sait, un mélange de l'idiôme celtique et latin, en usage sous les deux premières races de nos rois; il est assez raisonnable de croire que les ouvrages du genre dont nous parlons, composés dans cette langue, durent en porter le nom, et l'on dut dire *une Romane*, pour exprimer l'ouvrage où il s'agissait d'aventures amoureuses, comme on a dit une *Romance* pour parler des complaintes du même genre. En vain chercherait-on une étymologie différente à ce mot; le bon sens n'en offrant aucune autre, il paraît simple d'adopter celle-là.

Passons donc à la seconde question :

Chez quel peuple devons-nous trouver la source de ces sortes d'ouvrages, et quels sont les plus célèbres?

L'opinion commune croit la découvrir chez les Grecs. Elle passa de là chez les Mores, d'où les Espagnols la prirent, pour la transmettre ensuite à nos troubadours, de qui nos romanciers de chevalerie la reçurent.

Quoique je respecte cette filiation, et que je m'y soumette quelquefois, je suis loin cependant de l'adopter rigoureusement; n'est-elle pas en effet bien difficile, dans des siècles où les voyages étaient si peu connus, et les communications si interrompues; il est des modes, des usages, des goûts qui ne se transmettent point; inhérens à tous les hommes, ils naissent naturellement avec eux : partout où ils existent, se retrouvent des traces inévitables de ces goûts, de ces usages et de ces modes.

N'en doutons point : ce fut dans ces contrées qui, les premières reconnurent des Dieux, que les Romans prirent leur source, et par conséquent en Egypte, berceau certain de tous les cultes. A peine les hommes eurent-ils *soupçonnés* des êtres immortels, qu'ils les firent agir et parler ; dès lors, voilà des métamorphoses, des fables, des paraboles, des Romans ; en un mot voilà des ouvrages de fictions, dès que la fiction s'empare de l'esprit des hommes. Voilà des livres fabuleux, dès qu'il est question de chimères : quand les peuples, d'abord guidés par des prêtres, après s'être égorgés pour leurs fantastiques divinités, s'arment enfin pour leur Roi ou pour leur patrie, l'hommage offert à l'héroïsme, balance celui de la superstition, non seulement on met, très sagement alors, les héros à la place des Dieux, mais on chante les enfans de Mars comme on avait célébré ceux du Ciel ; on ajoute aux grandes actions de leur vie, ou, las de s'entretenir d'eux, on crée des personnages qui leur ressemblent... qui les surpassent, et bientôt de nouveaux Romans paraissent, plus vraisemblables sans doute, et bien plus faits pour l'homme que ceux qui n'ont célébré que des fantômes. Hercule, grand capitaine [*], dut vaillament combattre ses ennemis : voilà le héros et l'histoire ; Hercule détruisant des monstres, pourfendant des géans, voilà le Dieu,... la fable et l'origine de la superstition ; mais de la superstition raisonnable, puisque celle-ci n'a pour base que la récompense de l'héroïsme, la reconnaissance due aux libérateurs d'une nation, au lieu que celle qui forge des êtres incréés, et jamais apperçus, n'a que la crainte, l'espérance, et le déréglement d'esprit pour motifs. Chaque peuple eut donc ses Dieux, ses demi-dieux, ses héros, ses véritables histoires et ses fables ; quelque chose comme on vient de le voir, put être vrai dans ce qui concernait les héros ; tout fut controuvé, tout fut fabuleux dans

[*] Hercule est un nom générique, composé de deux mots celtiques : *Her-Coule*, ce qui signifie, Monsieur le Capitaine. *Hercoule* était le nom du général de l'armée, ce qui multiplia infiniment les *Hercoules ;* la fable attribua ensuite à un seul les actions merveilleuses de plusieurs Hercules — *Voy. Histoire des Celtes*, par Peloutier.

le reste, tout fut ouvrage d'invention, tout fut Roman, parce que les Dieux ne parlèrent que par l'organe des hommes, qui, plus ou moins intéressés à ce ridicule artifice, ne manquèrent pas de composer le langage des fantômes de leur esprit, de tout ce qu'ils imaginèrent de plus fait pour séduire ou pour effrayer, et par conséquent de plus fabuleux ; « c'est une opinion reçue, « (dit le savant Huet) * que le nom de « Roman se donnait autrefois aux histoires, « et qu'il s'appliqua depuis aux fictions, « ce qui est un témoignage invincible que « les uns sont venus des autres » **.

Il y eut donc des Romans écrits dans toutes les langues, chez toutes les nations, dont

* Pierre Daniel Huet, Evêque d'Avranches, né à Caen en 1630, mort à Paris en 1721. Son traité : *De l'origine des Romans* a été publié en 1670 et 1711, in-12. Cet ouvrage a également paru à part avec la *Zaïde* de Ségrais ou plutôt de Mme de Lafayette.

** Ceux qui s'amusoient d'escrire les faits héroïques de nos chevaliers, premièrement en vers, puis en prose, appelèrent leurs œuvres *Romans*, dit en effet Pasquier dans ses *Recherches*, t. VIII p. 654.

le style et les faits se trouvèrent calqués, et sur les mœurs nationales, et sur les opinions reçues par ces nations.

L'homme est sujet à deux faiblesses qui tiennent à son existence, qui la caractérisent. Par-tout il faut *qu'il prie*, par-tout il faut *qu'il aime;* et voilà la base de tous les Romans; il en a fait pour peindre les êtres qu'il *implorait*, il en a fait pour célébrer ceux qu'il *aimait*. Les premiers dictés par la terreur ou l'espoir, durent êtres sombres, gigantesques, pleins de mensonges et de fictions; tels sont ceux qu'Esdras composa durant la captivité de Babylone. Les seconds, remplis de délicatesse et de sentimens; tel est celui de *Théagène et de Chariclée*, par Héliodore; mais comme l'homme *pria*, comme il *aima* par-tout, sur tous les points du globe qu'il habita, il y eut des Romans, c'est-à-dire des ouvrages de fictions qui, tantôt peignirent les objets fabuleux de son culte, tantôt ceux plus réels de son amour.

Il ne faut donc pas s'attacher à trouver la source de ce genre d'écrire, chez telle ou telle nation de préférence; on doit se persuader par ce qui vient d'être dit, que toutes, l'ont plus ou moins employé, en raison du plus ou moins de penchant qu'elles ont éprouvé, soit à l'amour, soit à la superstition.

Un coup-d'œil rapide maintenant sur les nations, qui ont le plus accueilli ces ouvrages, sur ces ouvrages mêmes, et sur ceux qui les ont composés : amenons le fil jusqu'à nous, pour mettre nos lecteurs à même d'établir quelques idées de comparaison.

Aristide de Milet est le plus ancien romancier dont l'antiquité parle; mais ses ouvrages n'existent plus. Nous savons seulement qu'on nommait ses contes, les *Milésiaques;* un trait de la préface de *l'Ane d'or*, semble prouver que les productions d'Aristide étaient licencieuses, *je vais écrire dans ce genre*, dit Apulée en commençant son *Ane d'or*.

Antoine Diogène, contemporain d'Alexandre, écrivit d'un style plus châtié les *Amours de Dinias et de Dercillis*, Roman plein de fictions, de sortiléges, de voyages et d'aventures fort extraordinaires, que Le Seurre copia en 1745 dans un petit ouvrage plus singulier encore; car non content de faire comme Diogène, voyager ses héros dans des pays connus, il les promène tantôt dans la lune, et tantôt dans les enfers.

Viennent ensuite les *Aventures de Simonis et de Rhodanis*, par Jamblique; les amours de *Théagène et de Chariclée,* que nous venons de citer; la *Ciropédie,* de Xénophon; les amours de *Daphnis et Chloé,* de Longus; ceux *d'Ismène et d'Isménie*, et beaucoup d'autres, ou traduits, ou totalement oubliés de nos jours.

Les Romains plus portés à la critique, à la méchanceté qu'à l'amour ou qu'à la prière, se contentèrent de quelques satyres, telles que celles de Pétrone et de Varron, qu'il faudrait bien se garder de classer au nombre des Romans.

Les Gaulois, plus près de ces deux faiblesses, eurent leurs bardes qu'on peut regarder comme les premiers romanciers de la partie de l'Europe que nous habitons aujourd'hui. La profession de ces bardes, dit Lucain, était d'écrire en vers, les actions immortelles des héros de leur nation, et de les chanter au son d'un instrument qui ressemblait à la lyre, bien peu de ces ouvrages sont connus de nos jours. Nous eûmes ensuite les *Faits et Gestes* de Charles-le-Grand, attribués à l'archevêque Turpin *, et tous les Romans de la Table Ronde, les *Tristan*, les *Lancelot de lac*, les *Perce-Forêts*, tous écrits dans la vue d'immortaliser des héros connus, ou d'en inventer d'après ceux-là, qui, parés par l'imagination, les surpassassent en merveilles; mais quelle distance de ces ouvrages longs, ennuyeux, empestés de superstition, aux

* Cronique et Histoire faicte et composée par reverend pere en Dieu Turpin archevesque de Reims, l'ung des Pairs de France — Contenant les prouesses et faictz d'armes advenuz en son temps du tres magnanime Roy Charles le Grant autrement dit Charlemaigne : de son nepveu Rouland, Lesquels il rédigea comme compilateur du dit œuvre — *Imprimé à Paris par Maistre Pierre Vidoue pour honneste personne Regnault Chauldière*, 1527. In-4° gothique.

Romans grecs qui les avaient précédés ! Quelle barbarie, quelle grossièreté succédaient aux Romans pleins de goût et d'agréables fictions, dont les Grecs nous avaient donné les modèles ; car bien qu'il y en eût sans doute d'autres avant eux, au moins alors ne connaissait-on que ceux-là.

Les Troubadours parurent ensuite ; et quoiqu'on doive les regarder, plutôt comme des poëtes, que comme des romanciers, la multitude de jolis contes qu'ils composèrent en prose, leur obtiennent cependant avec juste raison, une place parmi les écrivains dont nous parlons. Qu'on jette, pour s'en convaincre, les yeux sur leurs fabliaux, écrits en langue *Romane*, sous le règne de Hugues Capet, et que l'Italie copia avec tant d'empressement.

Cette belle partie de l'Europe, encore gémissante sous le joug des Sarrasins, encore loin de l'époque où elle devait être le berceau de la renaissance des arts, n'avait presque point eu de romanciers jusqu'au dixième siècle ; ils y parurent à-peu-près à la même époque que nos troubadours en France, et les imitèrent; mais osons convenir de cette gloire, ce ne furent point les Italiens qui devinrent nos maîtres dans cet art, comme le dit Laharpe (pag. 242, vol. 3), ce fut au contraire chez nous qu'ils se formèrent; ce fut à l'école de nos troubadours que Dante, Bocace, Tassoni, et même un peu Pétrarque, esquissèrent leurs compositions; presque toutes les nouvelles de Bocace, se retrouvent dans nos fabliaux.

Il n'en est pas de même des Espagnols, instruits dans l'art de la fiction, par les Mores, qui eux-mêmes le tenaient des Grecs, dont ils possédaient tous les ouvrages de ce genre, traduits en Arabe, ils firent de délicieux Romans, imités par nos écrivains, nous y reviendrons.

A mesure que la galanterie prit une face nouvelle en France, le Roman se perfectionna, et ce fut alors, c'est-à-dire au commencement du siècle dernier que Durfé écrivit son Roman de *L'Astrée* * qui nous

* Honoré d'Urfé (né en 1568 mort en 1625) fit paraître la première partie de son *Astrée* en 1610.

fit préférer, à bien juste titre, ses charmans bergers du Lignon aux preux extravagans des onzième et douzième siècles; la fureur de l'imitation, s'empara dès-lors de tous ceux à qui la nature avait donné le goût de ce genre; l'étonnant succès de *L'Astrée*, que l'on lisait encore au milieu de ce siècle, avait absolument embrasé les têtes, et on l'imita sans l'atteindre. Gomberville, la Calprenède, Desmarets, Scudéri *, cru-

La cinquième et dernière partie fut composée par son secrétaire un sieur Baro d'après ses manuscrits dit-on. L'ingénieuse allégorie de *L'Astrée* rompant avec la tradition de la chevalerie et offrant un tableau de la société contemporaine, obtint un engouement sans bornes qui fut partagé par les meilleurs écrivains de l'époque — les éditions les plus estimées de ce Roman pastoral en 5 parties in-8° sont celles de Paris 1637 et de Rouen 1647. Voy. : *Etudes sur l'Astrée et sur Honoré d'Urfé par Bonafous*, Paris, 1846, in-8°.

* Gomberville fit *Caritie*, Roman peu connu, en 1622, in-8°, il publia plus tard en 1632-1639 son fameux *Polexandre*, 4 vol. in-8°, et enfin sa *Cythérée* (1642, 4 vol. in-8) qui eut 9 éditions. Les Romans de la Calprenède sont *Cassandre*, 10 vol. in-8°, 1642. *Cléopatre*, 23 vol. qui mirent 12 ans à paraître, et *Pharamond ou l'Histoire de France*. — Desmarets, l'auteur des *Visionnaires*, donna *Clovis*, poëme publié d'abord en 26 chants en 1657 et réduit à

rent surpasser leur original, en mettant des princes ou des rois, à la place des bergers du Lignon, et ils retombèrent dans le défaut qu'évitait leur modèle; la Scudéri * fit la même faute que son frère; comme lui, elle voulut ennoblir le genre de Durfé, et comme lui, elle mit d'ennuyeux héros à la place de jolis bergers. Au lieu de représenter dans la personne de *Cirus* un roi tel que le peint Hérodote; elle composa un Artamène plus fou que tous les personnages de *L'Astrée*... un amant qui ne sait que pleurer du matin au soir, et dont les langueurs excèdent au lieu d'intéresser; mêmes inconvéniens dans sa *Clélie* **, où elle prête aux Romains qu'elle dénature, toutes les extravagances des modèles qu'elle suivait, et qui jamais n'avaient été mieux défigurés.

Qu'on nous permette de rétrograder un

20 dans l'édition de 1673. — Quant à Scudéry il ne peut être question ici que de son *Alaric ou Rome vaincue* qui parut en 1654, in-folio.

* Dans *Artamène ou le Grand Cyrus*, 10 vol. in-8° 1650 — Voy. : Victor Cousin, *Etudes sur la Société au 17e siècle*, 2 vol.

** *Clélie, Histoire romaine*, 1656, in-8°, 10 vol.

instant, pour accomplir la promesse que nous venons de faire de jeter un coup-d'œil sur l'Espagne.

Certes, si la chevalerie avait inspiré nos romanciers en France, à quel degré n'avait-elle pas également monté les têtes au delà des monts? Le catalogue de la bibliothèque de *Dom Quichotte*, plaisamment fait par Miguel Cervantes, le démontre évidemment; mais quoiqu'il en puisse être, le célèbre auteur des mémoires du plus grand fou qui ait pu venir à l'esprit d'un romancier, n'avait assurément point de rivaux. Son immortel ouvrage connu de toute la terre, traduit dans toutes les langues, et qui doit se considérer comme le premier de tous les Romans, possède sans doute plus qu'aucun d'eux, l'art de narrer, d'entremêler agréablement les aventures, et particulièrement d'instruire en amusant. *Ce livre,* disait St-Evremond, *est le seul que je relis sans m'ennuyer, et le seul que je voudrais avoir fait.* Les douze *Nouvelles* du même auteur, remplies d'intérêt, de sel et de finesse, achèvent de placer au premier rang ce célèbre écrivain espagnol *, sans lequel peut-être nous n'eussions eu, ni le charmant ouvrage de Scarron **, ni la plupart de ceux de Lesage.

Après Durfé et ses imitateurs, après les *Ariane*, les *Cléopâtre*, les *Pharamond*, les *Polexandre*, tous ces ouvrages enfin où le héros soupirant neuf volumes, était bien heureux de se marier au dixième; après, dis-je, tout ce fatras inintelligible aujourd'hui, parut madame de Lafayette, qui quoique séduite par le langoureux ton qu'elle trouva établi dans ceux qui la précédaient abrégea néanmoins beaucoup; et en devenant plus concise, elle se rendit plus intéressante. On a dit, parce qu'elle était femme, (comme si ce sexe, naturellement plus délicat, plus fait pour écrire le Roman, ne pouvait en ce genre, prétendre à bien plus de lauriers que nous) on a pré-

* Les *Nouvelles Morales* de Cervantès Saavedra ont été traduites en français pour la première fois en 1633 par Rosset et Daudiguier. Lefèvre de Villebrune en 1775, Petitot en 1809 et Louis Viardot en 1838 en ont donné d'excellentes traductions.

** Le *Roman comique*.

tendu dis-je, qu'infiniment aidée, Lafayette n'avait fait ses Romans qu'avec le secours de Larochefoucaut pour les pensées, et de Segrais * pour le style; quoiqu'il en soit, rien d'intéressant comme *Zaide*, rien d'écrit agréablement comme *La princesse de Clèves*. Aimable et charmante femme, si les grâces tenaient ton pinceau, n'était-il donc pas permis à l'amour, de le diriger quelquefois?

Fénélon parut, et crut se rendre intéressant, en dictant poétiquement, une leçon à des souverains, qui ne la suivirent jamais; voluptueux amant de *Guion,* ton âme avait besoin d'aimer, ton esprit éprouvait celui de peindre; en abandonnant le pédantisme, ou l'orgueil d'apprendre à régner, nous eussions eu de toi des chef-d'œuvres, au lieu d'un livre qu'on ne lit plus. Il n'en sera pas de même de toi, délicieux Scarron,

* *Zayde* parut en 1670 et la *Princesse* en 1678, sans nom d'auteur. On attribua ces Romans à Ségrais qui y eut part à n'en point douter. Les œuvres de Mme de La Fayette ont été publiées en 1814 5 vol. in-8o avec celles de Mmes de Tencin et de Fontaines.

jusqu'à la fin du monde, ton immortel Roman fera rire, tes tableaux ne vieilliront jamais. *Télémaque* qui n'avait qu'un siècle à vivre, périra sous les ruines de ce siècle qui n'est déjà plus; et tes comédiens du Mans, cher et aimable enfant de la folie, amuseront même les plus graves lecteurs, tant qu'il y aura des hommes sur la terre.

Vers la fin du même siècle, la fille du célèbre Poisson *, (Madame de Gomez) dans un genre bien différent, que les écrivains de son sexe qui l'avaient précédée, écrivit des ouvrages, qui pour cela, n'en étaient pas moins agréables; et ses *Journées amusantes*, ainsi que ses *Cent nouvelles nouvelles*, feront toujours, malgré bien des défauts, le fond de la bibliothèque de tous les amateurs de ce genre. Gomez

* Madeleine Angélique Poisson, Dame de Gomez (née en 1684 morte en 1770) eut une assez grande célébrité à la fin du siècle dernier; les recueils de littérature et les traités de bibliographie classent ses œuvres à côté des Romans de Mme de Lafayette. Elle donna: *Les Journées amusantes*, 1723, 8 vol. in-12 — les *Anecdotes persannes*, 2 vol. in-12 et principalement *Les Cent Nouvelles Nouvelles* 1735, en 18 vol. in-12.

entendait son art, on ne saurait lui refuser ce juste éloge. Mademoiselle de Lussan, mesdames de Tensin, de Graffigni, Elie de Beaumont et Riccoboni la rivalisèrent *; leurs écrits pleins de délicatesse et de goût, honorent assurément leur sexe. Les *Lettres Péruviennes* de Graffigni seront toujours un modèle de tendresse et de sentiment, comme celles de mylady Castesbi par Riccoboni, pourront éternellement servir à ceux, qui ne prétendent qu'à la grâce et à la légèreté du style. Mais reprenons le siècle où nous l'avons quitté, pressés par le

* Marguerite de Lussan (née en 1682 morte en 1758) composa plusieurs Romans anecdotiques : *Histoire de la Comtesse de Gondez* en 1741, 2 vol. in-12, *Annales galantes de la Cour de Henri II* en 1749, 2 vol. in-12, *Histoire de Crillon* en 1752, 2 vol. in-12, etc., etc. — L'abbé de Boismorand et l'abbé Baudot lui furent d'un grand secours dans la composition de ses ouvrages. — Mesdames de Tencin, de Graffigny et Riccoboni sont assez connues pour que nous n'en parlions pas ici. — Pour Mme Elie de Beaumont, femme de l'avocat au Parlement de Paris (née en 1729 morte en 1783), on ne connait guère d'elle que la suite des *Anecdotes de la Cour et du Règne d'Edouard II* (1776) dont le commencement est dû à Mme de Tencin.

désir de louer des femmes aimables, qui donnaient en ce genre, de si bonnes leçons aux hommes.

L'épicuréïsme des Ninon-de-Lenclos, des Marion-de-Lorme, des marquis de Sévigné et de Lafare, des Chaulieu, des St-Evremond, de toute cette société charmante enfin, qui, revenue des langueurs du Dieu de Cythère, commençait à penser comme Buffon, « *qu'il n'y avait de bon en amour que le physique,* » changea bientôt le ton des Romans; les écrivains qui parurent ensuite, sentirent que les fadeurs n'amuseraient plus un siècle perverti par le Régent, un siècle revenu des folies chevaleresques, des extravagances religieuses, et de l'adoration des femmes; et trouvant plus simple d'amuser ces femmes ou de les corrompre, que de les servir ou de les encenser. Ils créèrent des événemens, des tableaux, des conversations plus à l'esprit du jour; ils enveloppèrent du cynisme, des immoralités, sous un style agréable et badin, quelquefois même philosophique, et plurent au moins s'ils n'instruisirent pas.

Crébillon [1] écrivit *Le Sopha*, *Tanzai*, *Les égarements du cœur et de l'esprit*, etc. Tous Romans qui flattaient le vice et s'éloignaient de la vertu ; mais qui, lorsqu'on les donna, devaient prétendre aux plus grands succès.

Marivaux, plus original dans sa manière de peindre, plus nerveux, offrit au moins des caractères, captiva l'âme, et fit pleurer ; mais comment avec une telle énergie, pouvait-on avoir un style aussi précieux, aussi maniéré ? Il prouva bien que la nature n'accorde jamais au romancier tous les dons nécessaires à la perfection de son art.

Le but de Voltaire fut tout différent ; n'ayant d'autre dessein que de placer de la philosophie dans ses Romans, il abandonna tout, pour ce projet. Avec quelle adresse il y réussit ; et malgré toutes les critiques, *Candide* et *Zadig* ne seront-ils pas toujours des chefs-d'œuvres !

[1] Crébillon fils, né en 1707 mort en 1771. — *Les Egarements du Cœur et de l'Esprit*, Roman qui parut en 1736, fut achevé, dit-on, par la femme de Crébillon Me Staford.

Rousseau, à qui la nature avait accordé en délicatesse, en sentiment, ce qu'elle n'avait donné qu'en esprit à Voltaire, traita le Roman d'une bien autre façon. Que de vigueur, que d'énergie dans l'*Héloïse;* lorsque Momus dictait *Candide* à Voltaire, l'amour lui-même traçait de son flambeau, toutes les pages brûlantes de *Julie*, et l'on peut dire avec raison que ce livre sublime, n'aura jamais d'imitateurs. Puisse cette vérité faire tomber la plume des mains, à cette foule d'écrivains éphémères qui, depuis trente ans ne cessent de nous donner de mauvaises copies de cet immortel original; qu'ils sentent donc, que pour l'atteindre, il faut une âme de feu comme celle de Rousseau, un esprit philosophe comme le sien, deux choses, que la nature ne réunit pas deux fois dans le même siècle.

Au travers de tout cela, Marmontel nous donnait des *Contes*, qu'il appellait *Moraux*, non pas, dit un littérateur estimable, qu'ils enseignassent la morale, mais parce qu'ils peignaient nos mœurs, cependant un peu trop dans le genre maniéré de Marivaux; d'ailleurs que sont ces contes? des puérilités, uniquement écrites pour les femmes et pour les enfans, et qu'on ne croira jamais de la même main que *Bélisaire*, ouvrage qui suffisait seul à la gloire de l'auteur; celui qui avait fait le quinzième chapitre de ce livre, devait-il donc prétendre à la petite gloire de nous donner des *contes à l'eau-rose*.

Enfin les Romans anglais, les vigoureux ouvrages de Richardson et de Fielding, vinrent apprendre aux Français, que ce n'est point en peignant les fastidieuses langueurs de l'amour qu'on peut obtenir des succès dans ce genre; mais en traçant des caractères mâles, qui, jouets et victimes, de cette effervescence du cœur connue sous le nom d'amour, nous en montrent à-la-fois et les dangers et les malheurs; de là seul peuvent s'obtenir ces développemens, ces passions si bien tracés dans les Romans Anglais. C'est Richardson, c'est Fielding qui nous ont appris que l'étude profonde du cœur de l'homme, véritable dédale de la nature, peut seul inspirer le romancier, dont l'ouvrage doit nous faire voir l'homme, non pas seulement ce qu'il est, ou ce qu'il se montre, c'est le devoir de l'historien, mais tel qu'il peut être, tel que doivent le rendre les modifications du vice, et toutes les secousses des passions ; il faut donc les connaître toutes, il faut donc les employer toutes, si l'on veut travailler ce genre ; là, nous apprîmes aussi, que ce n'est pas toujours en faisant triompher la vertu qu'on intéresse ; qu'il faut y tendre bien certainement autant qu'on le peut, mais que cette règle, ni dans la nature, ni dans Aristote, mais seulement celle, à laquelle nous voudrions que tous les hommes s'assujettissent pour notre bonheur, n'est nullement essentielle dans le Roman, n'est pas même celle qui doit conduire à l'intérêt ; car lorsque la vertu triomphe, les choses étant ce qu'elles doivent être, nos larmes sont taries avant que de couler ; mais si après les plus rudes épreuves, nous voyons enfin la vertu terrassée par le vice, indispensablement nos âmes se déchirent, et l'ouvrage nous ayant excessivement émus, ayant, comme disait Diderot, *ensanglanté nos cœurs au revers*, doit indubitablement produire l'intérêt, qui seul assure des lauriers.

Que l'on réponde : si après douze ou quinze volumes, l'immortel Richardson eût *vertueusement* fini par convertir *Lovelace*, et par lui faire *paisiblement* épouser *Clarisse*, eût-on versé à la lecture de ce Roman, pris dans le sens contraire, les larmes délicieuses qu'il obtient de tous les êtres sensibles ? c'est donc la nature qu'il faut saisir quand on travaille ce genre, c'est le cœur de l'homme, le plus singulier de ses ouvrages, et nullement la vertu, parce que la vertu, quelque belle, quelque nécessaire qu'elle soit, n'est pourtant qu'un des modes de ce cœur étonnant, dont la profonde étude est si nécessaire au romancier, et que le Roman, miroir fidèle de ce cœur, doit nécessairement en tracer tous les plis.

Savant traducteur de Richardson, Prévôt, toi, à qui nous devons d'avoir fait passer dans notre langue, les beautés de cet écrivain célèbre, ne t'es-t-il pas dû pour ton propre compte un tribut d'éloges, aussi bien mérité ; et n'est-ce pas à juste titre qu'on pourrait t'appeler *le Richardson français* * ; toi seul eûs l'art d'intéresser longtems par des fables implexes, en soutenant toujours l'intérêt, quoiqu'en le divisant ; toi seul, ménageas toujours assez bien tes épisodes, pour que l'intrigue principale dût plutôt gagner que perdre à leur multitude ou à leur complication ; ainsi cette quantité d'évènements que te reproche Laharpe, est non-seulement ce qui produit chez toi le plus sublime effet, mais en même-temps, ce qui prouve le mieux, et la bonté de ton esprit, et l'excellence de ton génie. « *Les mémoires d'un homme de qualité,* enfin » (pour ajouter à ce que nous pensons de » Prévôt, ce que d'autres que nous ont » pensé) *Cléveland, l'Histoire d'une Grecque* » *moderne*, *le Monde moral*, *Manon-Lescaut*,

* L'Abbé Prévost d'Exiles, traduisit de Richardson, en les abrégeant et quelquefois aussi en les paraphrasant, les Romans de *Paméla, Clarisse* et *Grandisson.*

» surtout * sont remplis de ces scènes » attendrissantes et terribles, qui frappent » et attachent invinciblement; les situa- » tions de ces ouvrages, heureusement » ménagées, amènent de ces momens où » la nature frémit d'horreur. » Et voilà ce qui s'appelle écrire le Roman; voilà ce qui dans la postérité, assure à Prévôt une place où ne parviendra nul de ses rivaux.

Vinrent ensuite les écrivains du milieu de ce siècle: Dorat aussi maniéré que Marivaux, aussi froid, aussi peu moral que Crébillon; mais écrivain plus agréable que les deux à qui nous le comparons; la frivolité de son siècle excuse la sienne, et il eut l'art de la bien saisir.

* Quelles larmes que celles qu'on verse à la lecture de ce délicieux ouvrage! comme la nature y est peinte, comme l'intérêt s'y soutient, comme il augmente par degrés, que de difficultés vaincues! que de philosophie à avoir fait ressortir tout cet intérêt, d'une fille perdue; dirait-on trop, en osant assurer que cet ouvrage a des droits au titre de notre meilleur Roman, ce fut là où Rousseau vit, que malgré des imprudences et des étourderies, une héroïne pouvait prétendre encore à nous attendrir, et peut-être n'eussions-nous jamais eu *Julie*, sans *Manon-Lescaut* (*Note de de Sade*).

Auteur charmant de la *Reine de Golconde*, me permets-tu de t'offrir un laurier? * On eut rarement un esprit plus agréable, et les plus jolis contes du siècle, ne valent pas celui qui t'immortalise; à la fois plus aimable, et plus heureux qu'Ovide, puisque le Héros-Sauveur de la France, prouve, en te rappelant au sein de ta patrie, qu'il est autant l'ami d'Apollon que de Mars, réponds à l'espoir de ce grand homme, en ajoutant encore quelques jolies roses sur le sein de ta belle Aline.

Darnaud **, émule de Prévôt, peut

* Le Chevalier Stanislas de Boufflers, mort en 1815, une année après de Sade. Le conte ravissant : *Aline Reine de Golconde*, premier ouvrage de Boufflers fut publié, in-8o, en 1761 et obtint un immense succès. Cet adorable badinage eut les honneurs de près de cent réimpressions dans tous les formats.

** Baculard d'Arnaud (né en 1718 mort en 1805) dont il est question ici; composa une quantité prodigieuse de drames étranges et de Romans lugubres et sombres à peu près oubliés aujourd'hui. Son imagination peuplée d'images horribles et tristes, devait séduire le farouche Marquis. — Voyez la charmante notice que M. Charles Monselet a consacrée à Baculard d'Arnaud dans ses *Oubliés et Dédaignés*.

souvent prétendre à le surpasser, tous deux trempèrent leurs pinceaux dans le Styx ; mais Darnaud, quelquefois adoucit le sien sur les fleurs de l'Elysée ; Prévôt plus énergique, n'altéra jamais les teintes de celui dont il traça *Cléveland*.

R... * inonde le public, il lui faut une presse au chevet de son lit ; heureusement que celle-là toute seule, gémira de ses *terribles productions ;* un style bas et rampant, des aventures dégoûtantes, toujours puisées dans la plus mauvaise compagnie ; nul autre mérite enfin, que celui d'une prolixité... dont les seuls marchands de poivre le remercieront.

Peut-être devrions-nous analyser ici ces Romans nouveaux, dont le sortilège et la fantasmagorie composent à-peu-près tout

* Restif de la Bretonne est assurément en cause ici. Il existait une grande inimitié entre de Sade et lui. Restif, dans ses *Nuits de Paris*, a intitulé un de ses chapitres : *Les Passe-Temps du M*** de Sade*. Le vindicatif Marquis ne l'a sans doute pas oublié en écrivant ces lignes. (Voyez la *Bibliographie de Restif de la Bretonne*, par P. L. Jacob, Bibliophile, in-8°, 1875, pp. 415 et suivantes.)

le mérite, en plaçant à leur tête *le Moine* *, supérieur, sous tous les rapports, aux bisarres élans de la brillante imagination de *Radgliffe* ** ; mais cette dissertation serait trop longue, convenons seulement que ce genre, quoiqu'on en puisse dire, n'est assurement pas sans mérite; il devenait le fruit indispensable des secousses révolutionnaires, dont l'Europe entière se ressentait. Pour qui connaissait tous les malheurs dont les méchans peuvent accabler les hommes, le Roman devenait aussi difficile à faire, que monotone à lire; il n'y avait point d'individu qui n'eût plus éprouvé d'infor-

* *Le Moine* est le Roman le plus connu du romancier Lewis (né en 1773 mort en 1818). Il fit une immense sensation à son apparition (1795, 3 vol. in-12). *Le Moine* fut traduit de l'anglais par Deschamps, Desprès, Benoist et Delamare. Il parut chez Maradan an VI, en 4 vol. in-18, ornés de gravures. — On a fait un curieux rapprochement entre un certain *Ambrosis*, l'un des héros du *Moine*, et le *Claude Frollo* de Victor Hugo, du Roman admirable : *Notre-Dame de Paris*

** Anne Radcliffe (née à Londres en 1764 morte en 1823). Ses Romans furent traduits en français. *Les Mystères d'Udolphe* demeurent la plus célèbre de toutes ses productions.

tunes en quatre ou cinq ans que n'en pouvait peindre en un siècle, le plus fameux romancier de la littérature ; il fallait donc appeller l'enfer à son secours, pour se composer des titres à l'intérêt, et trouver dans le pays des chimères, ce qu'on savait couramment en ne fouillant que l'histoire de l'homme dans cet âge de fer. Mais que d'inconvéniens présentait cette manière d'écrire ! l'auteur du *Moine* ne les a pas plus évité que *Radgliffe* [*] ; ici nécessairement de deux choses l'une, ou il faut développer le sortilège, et dès-lors vous n'intéressez plus, ou il ne faut jamais lever le rideau, et vous voilà dans la plus affreuse invraisemblance. Qu'il paraisse dans ce genre un ouvrage assez bon, pour atteindre le but sans se briser contre l'un ou l'autre de ces écueils, loin de lui reprocher ses moyens, nous l'offrirons alors comme un modèle.

Avant que d'entamer notre troisième et

[*] Allusion aux poursuites qui furent lancées contre Lewis pour ses peintures lascives et immorales du *Moine*.

dernière question, *quelles sont les règles de l'art d'écrire le Roman?* nous devons ce me semble répondre à la perpétuelle objection de quelques esprits atrabilaires, qui, pour se donner le vernis d'une morale, dont souvent leur cœur est bien loin, ne cessent de vous dire, *à quoi servent les Romans?*

A quoi ils servent, hommes hypocrites et pervers; car vous seuls faites cette ridicule question; ils servent à vous peindre, et à vous peindre tels que vous êtes, orgueilleux individus qui voulez vous soustraire au pinceau, parce que vous en redoutez les effets: le Roman étant, s'il est possible de s'exprimer ainsi, *le tableau des mœurs séculaires,* est aussi essentiel que l'histoire, au philosophe qui veut connaître l'homme; car le burin de l'une, ne le peint que lorsqu'il se fait voir; et alors ce n'est plus lui; l'ambition, l'orgueil couvrent son front d'un masque qui ne nous représente que ces deux passions, et non l'homme; le pinceau du Roman, au contraire, le saisit dans son intérieur... le prend quand il quitte ce masque, et l'esquisse bien plus intéressante, est en même-temps bien plus vraie, voilà l'utilité des Romans; froids censeurs qui ne les aimez pas, vous ressemblez à ce cul-de-jatte qui disait aussi, *et pourquoi fait-on des portraits?*

S'il est donc vrai que le Roman soit utile, ne craignons point de tracer ici quelques-uns des principes que nous croyons nécessaires à porter ce genre à sa perfection; je sens bien qu'il est difficile de remplir cette tâche sans donner des armes contre moi; ne deviens-je pas doublement coupable de n'avoir pas *bien fait*, si je prouve que je sais ce qu'il faut pour *faire bien*. Ah! laissons ces vaines considérations, qu'elles s'immolent à l'amour de l'art.

La connaissance la plus essentielle qu'il exige est bien certainement celle du cœur de l'homme. Or, cette connaissance importante, tous les bons esprits nous approuveront sans doute en affirmant qu'on ne l'acquiert que par des *malheurs* et par des *voyages;* il faut avoir vu des hommes de toutes les nations pour les bien connaître, et il faut avoir été leur victime pour savoir les apprécier ; la main de l'infortune, en exaltant le caractère de celui qu'elle écrase, le met à la juste distance où il faut qu'il soit pour étudier les hommes, il les voit de là, comme le passager apperçoit les flots en fureur se briser contre l'écueil sur lequel l'a jeté la tempête ; mais dans quelque situation que l'ait placé la nature ou le sort, s'il veut connaître les hommes, qu'il parle peu quand il est avec eux ; on n'apprend rien quand on parle, on ne s'instruit qu'en écoutant ; et voilà pourquoi les bavards ne sont communément que des sots.

O toi qui veut parcourir cette épineuse carrière ! ne perds pas de vue que le romancier est l'homme de la nature, elle l'a créé pour être son peintre ; s'il ne devient pas l'amant de sa mère dès que celle-ci l'a mis au monde, qu'il n'écrive jamais, nous ne le lirons point ; mais s'il éprouve cette soif ardente de tout peindre, s'il entr'ouvre avec frémissement le sein de la nature, pour y chercher son art et pour y puiser des modèles, s'il a la fièvre du talent, et l'enthousiasme du génie, qu'il suive la main qui le conduit, il a deviné l'homme, il le peindra; maîtrisé par son imagination qu'il y cède, qu'il embellisse ce qu'il voit : le sot cueille une rose et l'effeuille, l'homme de génie la respire et la peint : voilà celui que nous lirons.

Mais en te conseillant d'embellir, je te défends de t'écarter de la vraisemblance : le lecteur a droit de se fâcher quand il s'aperçoit que l'on veut trop exiger de lui; il voit bien qu'on cherche à le rendre dupe; son amour-propre en souffre, il ne croit plus rien, dès qu'il soupçonne qu'on veut le tromper.

Contenu d'ailleurs par aucune digue, use, à ton aise, du droit de porter atteinte à toutes les anecdotes de l'histoire, quand la rupture de ce frein devient nécessaire aux plaisirs que tu nous prépares; encore une fois, on ne te demande point d'être vrai, mais seulement d'être vraisemblable ; trop exiger de toi serait nuire aux jouissances que nous en attendons : ne remplace point cependant le vrai, par l'impossible, et que ce que tu inventes soit bien dit; on ne te pardonne de mettre ton imagination à la place de la vérité que sous la clause expresse d'orner et d'éblouir. On n'a jamais le droit de mal dire, quand on peut dire tout ce qu'on veut ; si tu n'écris comme R...* *que ce que tout le monde sait,* dusses-tu, comme lui, nous donner quatre volumes par mois, ce n'est pas la peine de prendre la plume : personne ne te contraint au métier que tu fais ; mais si tu l'entreprends, fais le bien. Ne l'adopte pas sur-tout comme un secours à ton existence ; ton travail se ressentirait de tes besoins, tu lui transmettrais ta faiblesse ; il aurait la pâleur de la faim : d'autres métiers se présentent à toi ; fais des souliers, et n'écris point des livres. Nous ne t'en estimerons pas moins, et comme tu ne nous ennuiras pas, nous t'aimerons peut-être davantage.

Une fois ton esquisse jetée, travaille ardemment à l'étendre, mais sans te resserrer dans les bornes qu'elle paraît d'abord te prescrire, tu deviendrais maigre et froid avec cette

* Restif de la Bretonne. Voir la note plus haut, page 31.

méthode ; ce sont des élans que nous voulons de toi, et non pas des règles ; dépasse tes plans, varie-les, augmente-les ; ce n'est qu'en travaillant que les idées viennent. Pourquoi ne veux-tu pas que celle qui te presse quand tu composes, soit aussi bonne que celle dictée par ton esquisse ? Je n'exige essentiellement de toi qu'une seule chose, c'est de soutenir l'intérêt jusqu'à la dernière page ; tu manques le but, si tu coupes ton récit par des incidens, ou trop répétés, ou qui ne tiennent pas au sujet ; que ceux que tu te permettras soient encore plus soignés que le fonds : tu dois des dédommagemens au lecteur quant tu le forces de quitter ce qui l'intéresse, pour entamer un incident. Il peut bien te permettre de l'interrompre, mais il ne te pardonnera pas de l'ennuyer ; que tes épisodes naissent toujours du fond du sujet et qu'ils y rentrent ; si tu fais voyager tes héros, connais bien le pays où tu les mènes, porte la magie au point de m'identifier avec eux ; songe que je me promène à leurs côtés, dans toutes les régions où tu les places; et que peut-être plus instruit que toi, je ne te pardonnerai ni une invraisemblance de mœurs, ni un défaut de costume, encore moins une faute de géographie : comme personne ne te contraint à ces échappées, il faut que tes descriptions locales soient réelles, ou il faut que tu restes au coin de ton feu; c'est le seul cas dans tous tes ouvrages où l'on ne puisse tolérer l'invention, à moins que les pays où tu me transportes ne soient imaginaires, et, dans cette hypothèse encore, j'exigerai toujours du vraisemblable.

Évite l'afféterie de la morale; ce n'est pas dans un Roman qu'on la cherche; si les personnages que ton plan nécessite, sont quelquefois contrains à raisonner, que ce soit toujours sans affectation, sans la prétention de le faire, ce n'est jamais l'auteur qui doit moraliser, c'est le personnage, et encore ne lui permet-on, que quand il y est forcé par les circonstances.

Une fois au dénouement, qu'il soit naturel, jamais contraint, jamais machiné, mais toujours né des circonstances; je n'exige pas de toi, comme les auteurs de l'Encyclopédie, qu'il soit *conforme au désir du lecteur;* quel plaisir lui reste-t-il quand il a tout deviné? le dénouement doit être tel, que les événemens le préparent, que la vraisemblance l'exige, que l'imagination l'inspire; et avec ces principes que je charge ton goût et ton esprit d'étendre, si tu ne fais pas bien, au moins feras-tu mieux que nous; car, il faut en convenir, dans les nouvelles que l'on va lire, le vol hardi que nous nous sommes permis de prendre, n'est pas toujours d'accord avec la sévérité des règles de l'art; mais nous espérons que l'extrême vérité des caractères en dédommagera peut-être; la nature plus bisarre que les moralistes ne nous la peignent, s'échappe à tout instant des digues que la politique de ceux-ci voudrait lui prescrire; uniforme dans ses plans, irrégulière dans ses effets, son sein toujours agité, ressemble au foyer d'un volcan, d'où s'élancent tour-à-tour, ou des pierres précieuses servant au luxe des hommes, ou des globes de feu qui les anéantissent; grande, quand elle peuple la terre et d'Antonins et de Titus; affreuse, quand elle y vomit des Andronics ou des Nérons; mais toujours sublime, toujours majestueuse, toujours digne de nos études, de nos pinceaux et de notre respectueuse admiration, parce que ses desseins nous sont inconnus, qu'esclaves de ses caprices ou de ses besoins, ce n'est jamais sur ce qu'ils nous font éprouver que nous devons régler nos sentimens pour elle, mais sur sa grandeur, sur son énergie, quelque puissent en être les résultats.

A mesure que les esprits se corrompent, à mesure qu'une nation vieillit, en raison de ce que la nature est plus étudiée, mieux analysée, que les préjugés sont mieux détruits, il faut la faire connaître davantage. Cette loi est la même pour tous les arts; ce n'est qu'en avançant qu'ils se perfectionnent, ils n'arrivent au but que par des essais. Sans doute il ne fallait pas aller si loin dans ces tems affreux de l'ignorance, où courbés sous les fers religieux, on punissait de mort celui qui voulait les apprécier, où les bûchers de l'inquisition devenaient le prix des talens ; mais dans notre état actuel, partons toujours de ce principe, quand l'homme a soupesé tous ses freins, lorsque d'un regard audacieux, son œil mesure ses barrières, quand, à l'exemple des Titans, il ose jusqu'au ciel porter sa main hardie, et qu'armé de ses passions, comme ceux-ci l'étaient des laves du Vésuve, il ne craint plus de déclarer la guerre à ceux qui le faisaient frémir autrefois, quand ses *écarts* mêmes ne lui paraissent plus que des *erreurs* légitimées par ses études, ne doit-on pas alors lui parler avec la même énergie qu'il emploie lui-même à se conduire ? l'homme du dix-huitième siècle, en un mot, est-il donc celui du onzième ?

Terminons par une assurance positive, que les nouvelles que nous donnons aujourd'hui *, sont absolument neuves, et

* Ces *Nouvelles héroïques* et *tragiques* réunies en 4 volumes sous le titre *Les Crimes de l'Amour*, sont : *Juliette* et *Raunai, ou la Conspiration d'Amboise; La Double Epreuve; Miss Henriette Stral-*

nullement brodées sur des fonds connus. Cette qualité est peut-être de quelque mérite dans un temps où tout semble être *fait*, où l'imagination épuisée des auteurs paraît ne pouvoir plus rien créer de nouveau, et où l'on n'offre plus rien au public que des compilations, des extraits ou des traductions.

Voici ce que dans l'une et l'autre de ces nouvelles, on peut trouver aux sources que nous indiquons.

L'historien arabe *Abul-cœcim-terif-abentariq*, écrivain assez peu connu de nos littérateurs du jour, rapporte ce qui suit à l'occasion de la Tour Enchantée.

» Rodrigue, prince efféminé, attirait à sa » cour, par principe de volupté, les filles » de ses vassaux, et il en abusait. De ce » nombre, fut Florinde, fille du comte » Julien. Il la viola. Son père, qui était » en Afrique, reçut cette nouvelle par une

son, ou les Effets du Désespoir; Faxelange ou les Torts de l'Ambition; Florville et Courval ou le Fatalisme; Rodrigue ou la Tour enchantée, dont il est parlé plus loin, *Laurence et Antonio*, etc.

» lettre allégorique de sa fille; il souleva » les Mores, et revint en Espagne à leur » tête; Rodrigue ne sait que faire, nul » fonds dans ses trésors, aucune place, il » va fouiller la Tour Enchantée près de » Tolède, où on lui dit qu'il doit trouver » des sommes immenses; il y pénètre, » et voit une statue du Temps qui frappe » de sa massue, et qui, par une inscription, » annonce à Rodrigue toutes les infortu- » nes qui l'attendent; le prince avance, et » voit une grande cuve d'eau, mais point » d'argent; il revient sur ses pas; il fait » fermer la tour; un coup de tonnerre » emporte cet édifice, il n'en reste plus » que des vestiges. Le roi, malgré ces fu- » nestes pronostics, assemble une armée, » se bat huit jours près de Cordoue, et est » tué sans qu'on puisse retrouver son » corps ».

Voilà ce que nous a fourni l'histoire; qu'on lise notre ouvrage maintenant, et qu'on voie si la multitude d'évènemens que nous avons ajouté à la sécheresse de ce fait, mérite ou non que nous regardions l'anecdote comme nous appartenant en propre *.

Quand à la Conspiration d'Amboise, qu'on la lise dans Garnier, et l'on verra le peu que nous a prêté l'histoire.

Aucun guide ne nous a précédé dans les autres nouvelles; fonds, narré, épisode,

* Cette anecdote est celle que commence Brigandos, dans l'épisode du roman d'Aline et Valcourt, ayant pour titre : *Sainville et Léonore,* et qu'interrompt la circonstance du cadavre trouvé dans la tour; les contrefacteurs de cet épisode, en le copiant mot pour mot, n'ont pas manqué de copier aussi les quatre premières lignes de cette anecdote, qui se trouvent dans la bouche du chef des Bohémiens. Il est donc aussi essentiel pour nous, dans ce moment-ci, que pour ceux qui achètent des Romans, de prévenir que l'ouvrage qui se vend chez Pigoreau et Leroux, sous le titre de *Valmor et Lidia*, et chez Cérioux et Moutardier, sous celui d'*Alzonde et Koradin*, ne sont absolument que la même chose, et tous les deux littéralement pillés phrase pour phrase de l'épisode de *Sainville et Léonore*, formant à-peu-près trois volumes de mon roman d'Aline et Valcourt (*Note de de Sade*).

Valmor et Lydia ou Voyage autour du Monde de deux Amants qui se cherchent, parut à Paris chez *Pigoreau ou Leroux*, an VII, 3 vol. in-12. C'est l'abrégé d'*Aline et Valcourt*, à cette différence que la forme épistolaire est remplacée par la forme narrative.

tout est à nous; peut-être n'est-ce pas ce qu'il y a de plus heureux; qu'importe, nous avons toujours cru, et nous ne cesserons d'être persuadés, qu'il faut mieux inventer, fût-on même faible, que de copier ou de traduire; l'un a la prétention du génie, c'en est une au moins; quelle peut être celle du plagiaire? Je ne connais pas de métier plus bas, je ne conçois pas d'aveux plus humilians que ceux où de tels hommes sont contrains, en avouant eux-mêmes, qu'il faut bien qu'ils n'aient pas d'esprit, puisqu'ils sont obligés d'emprunter celui des autres.

A l'égard du traducteur, à Dieu ne plaise que nous enlevions son mérite; mais il ne fait valoir que nos rivaux; et ne fût-ce que pour l'honneur de la patrie, ne vaut-il pas mieux dire à ces fiers rivaux, *et nous aussi nous savons créer*.

Je dois enfin répondre au reproche que l'on me fit, quand parut *Aline et Valcourt* *. Mes pinceaux, dit-on, sont trop

* *Aline et Valcourt ou le Roman philosophique*, écrit à la Bastille un an avant la Révolution de

forts, je prête au vice des traits trop odieux; en veut-on savoir la raison? je ne veux pas faire aimer le vice; je n'ai pas, comme Crébillon et comme Dorat, le dangereux projet de faire adorer aux femmes les personnages qui les trompent, je veux, au contraire, qu'elles les détestent; c'est le seul moyen qui puisse les empêcher d'en être dupes; et, pour y réussir, j'ai rendu ceux de mes héros qui suivent la carrière du vice, tellement effroyables, qu'ils n'inspireront bien sûrement ni pitié ni amour *; en cela, j'ose le dire, je deviens plus moral que ceux qui se croyent permis de les embellir; les pernicieux ouvrages de ces auteurs ressemblent à ces fruits de l'Amérique, qui sous le plus brillant coloris, portent la mort dans leur sein; cette trahison de la nature, dont il ne nous appartient pas de dévoiler le motif, n'est pas faite pour

France parut pour la première fois en 1793 (*Voyez la Notice*).

* Singulière théorie qui est bien dans le ton paradoxal du Marquis. Dans tous ses ouvrages, il semble vouloir répéter à satiété cette doctrine fallacieuse.

l'homme; jamais enfin, je le répète, jamais je ne peindrai le crime que sous les couleurs de l'enfer, je veux qu'on le voye à nud, qu'on le craigne, qu'on le déteste, et je ne connais point d'autre façon pour arriver là, que de le montrer avec toute l'horreur qui le caractérise. Malheur à ceux qui l'entourent de roses! leurs vues ne sont pas aussi pures, et je ne les copierai jamais. Qu'on ne m'attribue donc plus, d'après ces systèmes, le roman de J... *; jamais je n'ai fait de tels ouvrages, et je n'en ferai sûrement jamais; il n'y a que des imbéciles ou des méchans qui, malgré

* *Justine ou Les Malheurs de la Vertu.* — De Sade s'est souvent défendu d'être l'auteur de cet infâme roman. La *Revue rétrospective* publiée par J. Taschereau, renferme deux curieux documents à ce sujet : 1º Un *Rapport du Conseiller d'Etat, Préfet de Police, à son Excellence le Sénateur Ministre de la Police générale, le 21 fructidor* an XII. — 2º — Une *lettre écrite de Pélagie, le 30 floréal an X par Sade, homme de lettres, au Ministre de la Justice.* « On m'accuse d'être l'auteur du livre de *Justine*, dit-il, l'accusation est fausse, je vous le jure, au nom de tout ce que j'ai de plus sacré. Si l'on peut me convaincre, je veux subir mon jugement, dans le cas contraire, je veux être libre. »

l'authenticité de mes dénégations, puissent me soupçonner ou m'accuser encore d'en être l'auteur, et le plus souverain mépris sera désormais la seule arme avec laquelle je combattrai leurs calomnies.

EN COURS DE PUBLICATION

A LA LIBRAIRIE ÉDOUARD ROUVEYRE

1, RUE DES SAINTS-PÈRES, A PARIS

MISCELLANÉES BIBLIOGRAPHIQUES, *Abonnement : un an, 6 fr.* — Chaque année forme un beau volume in-8°, imprimé avec luxe sur papier vergé teinté, et est terminée par une table alphabétique des noms d'auteurs cités et des matières, qui, en même temps que la couverture et le titre (imprimés en rouge et en noir), est adressée gratuitement à tous nos abonnés.

Le but de ces *Miscellanées bibliographiques*, modeste dans son principe, peut, par suite, devenir plus manifeste, plus vaste, et atteindre à l'autorité, à l'*utile dulci* d'une petite Encyclopédie bibliographique, telle que l'avait conçue et longuement rêvée le doctissime et regretté Quérard. — Sous ce titre, nous entendons grouper à bon escient tous les documents rares ou curieux qui se trouvent épars de ci de là, et dont la recherche fatigue même quelquefois l'esprit patient des bibliophiles. Nous choisirons avec soin les questions qui se rapportent le mieux à la Technologie du Livre, à la Bibliognosie et aussi à la Bibliatrique. Sans nous écarter du domaine bibliographique, nous espérons traiter *ex professo*, pour ainsi dire, *De omni re scibili et quibusdam aliis*. Nous serons en tous points net et concis, et réduirons à l'art difficile de faire court des sujets trop souvent noyés dans la diffusion et la prolixité d'un excès de savoir.

Cette publication, paraissant régulièrement chaque mois en manière de livraison, formera annuellement un intéressant volume d'*Analectes* utiles à consulter. Une table analytique des matières et des noms d'auteurs permettra aux chercheurs et aux érudits de puiser dans ce véritable nid à documents précieux avec autant de profit que dans un dictionnaire d'*anas* bibliographiques.

Nous ne limiterons pas notre but au plaisir d'intéresser, d'indiquer les *raræ aves* de la Bibliophilie et de glaner dans le glorieux passé de la Bibliognostique ; nous accorderons une place à l'art moderne du Livre, aux Bibliophiles *militants* de Paris, de la province et de l'étranger.

Trouvailles, curiosités, renseignements bibliologiques quelconques, origines ou orthographes de certains mots, éditions douteuses, interrogations de toute nature, seront insérés.

En tout et pour tout ce qui sera du *ressort du Livre*, nous accueillerons les communications qui nous seront faites, nous estimant heureux d'avoir ouvert à nos confrères une libre arène, dans laquelle chacun, à tour de rôle, luttera de savoir, de complaisance ou d'érudition.

Et, maintenant, puisse cette entreprise justifier notre devise de présupposition : *Vires acquirit eundo.*

Le Propriétaire-Gérant : ÉDOUARD ROUVEYRE.

Les numéros parus jusqu'à ce jour contiennent entre autres articles intéressants :

Livres français perdus, par G. Brunet. — *Du papier*, par Jehan Guet. — *Signes distinctifs des éditions originales de Montesquieu*, par L. Dangeau. — *Remarques sur les éditions du* XVe *siècle et sur le mode de leur exécution*, par P. Lambinet. — *Du prêt des livres*, par Octave Uzanne. — *De la classification des autographes, des estampes et des gravures*, par Ed. Rouveyre. — *Quelle est la véritable édition originale de «Phèdre et Hippolyte» de Racine*, par Asmodée. — *Du nettoyage des estampes et des gravures*, par Jehan Guet. — Fac-simile *du titre de la première édition du Grand voyage au pays des Hurons*, par Gabriel Sagard Théodat, 1632. — *Procédé pour raviver l'écriture sur les vieux parchemins.* — *De la multiplicité des livres*, par Van de Weyer. — *L'illustromanie*, par Octave Uzanne. — *Fac-simile de la première page d'un manuscrit d'amour du* XVIe *siècle.* — *Livres imaginaires et souvenir de bibliographie satirique*, par René Kerviler. — *La véritable édition originale des caractères de Théophraste (par La Bruyère) et celle des réflexions ou sentences et maximes morales (par le duc de Larochefoucauld)*, par Asmodée. — *Les prières de la marquise de Rambouillet*, par Prosper Blanchemain. — *Edwin Tross et ses publications*, par le bibliophile Job. — *Alfred de Musset et ses prétendues attaques contre Victor Hugo*, par Ch. de Lovenjoul. — *Les annotateurs de livres*, par Octave Uzanne. — *Livres à clef*, par le bibliophile Job. — *Les manuscrits du* XVIIIe *siècle*, par Loys Francia, etc.

CONNAISSANCES NÉCESSAIRES

A UN

BIBLIOPHILE

PAR

ÉDOUARD ROUVEYRE

Établissement d'une Bibliothèque. — Conservation et Entretien des Livres. — De leur Format et de leur Reliure. — Moyen de les préserver des Insectes. — Des Souscriptions et de la Date. — De la Collation des Livres. — Des Signes distinctifs des anciennes Editions. — Des Abréviations usitées dans les Catalogues pour indiquer les Conditions. — De la Connaissance et de l'Amour des Livres. — De leurs divers degrés de Rareté. — Moyens de détacher, de laver et d'encoller les Livres. — Réparations des Piqûres de vers, des Déchirures et des Cassures dans le Papier.

SECONDE ÉDITION

REVUE, CORRIGÉE ET AUGMENTÉE DE TROIS NOUVEAUX CHAPITRES

Un joli volume in-12, papier vélin teinté, avec fleuron et culs-de-lampe, titre rouge et noir. . . . . *3 fr.*

IL A ÉTÉ TIRÉ DE CETTE ÉDITION :

50 Exemplaires imprimés sur fort papier vergé (Numérotés de 1 à 50), *épuisé.*

10 Exemplaires imprimés sur papier de Chine véritable (Numérotés de 51 à 60), *épuisé.*

CAPRICES

D'UN BIBLIOPHILE

PAR

OCTAVE UZANNE

500 exemplaires sur papier vergé de Hollande		. . . . .	5 fr.
50	—	— Whatman, numérotés de 1 50.	10 »
10	—	— de Chine numérotés de I à X.	16 »
2	—	sur parchemin de choix	100 »

Il a été tiré en outre 10 exemplaires sur papier de couleur non destinés au commerce.

Beau volume in-8º écu de VIII et 154 pages, orné de jolis fleurons et culs-de-lampe spéciaux, d'un titre composé par Marius Perret et gravé par A. Bellenger, et d'une délicieuse eau-forte dessinée et gravée par Adolphe Lalauze.

Nous appelons d'une façon spéciale l'attention des amateurs et des libraires sur cet ouvrage de bibliographie badine, d'une allure vive et enjouée, et d'une verve toute humoristique. — Ce n'est plus de la bibliognosie aride, mais de la bibliophilie amusante et gaie. Voici les principaux titres des chapitres du livre : *Ma Bibliothèque aux enchères. — La Gent bouquinière. — Les Galanteries du sieur Scarron. — Le Quémandeur de livres. — Le vieux Bouquin. — Le Libraire du Palais. — Un Ex-libris mal placé.—Les Quais en août.—Les Catalogueurs. — Simple coup-d'œil sur le Roman moderne.—Le Bibliophile aux champs. — Les Projets d'Honoré de Balzac. — Variations sur la reliure de fantaisie. — Restif de la Bretonne et ses bibliographes. — Le Cabinet d'un éroto-bibliomane.*

Vient de paraître. — Envoi gratis et franco.

1878 — N° 25

CATALOGUE

DE

LIVRES ANCIENS
ET MODERNES

QUI SE TROUVENT EN VENTE AUX PRIX MARQUÉS

A LA

LIBRAIRIE ÉDOUARD ROUVEYRE

1, rue des Saints-Pères, 1

PARIS

ACHAT — ÉCHANGE — VENTE — EXPERTISE

☞ Histoire des Religions, Sciences occultes, Mnémonique, Beaux-Arts, Musique, Linguistique, Théâtre, Géographie ancienne et moderne, Histoire des villes et des anciennes provinces de France, Noblesse, Archéologie, Bibliographie, Histoire de l'Imprimerie, Céramique, Histoire de France, etc.

☞ Livres curieux et singuliers.

☞ Suite de figures pour servir à l'illustration des livres.

☞ Anciennes vues de villes de France, par Chastillon, Silvestre, etc.

MM. les Amateurs avec lesquels nous avons l'honneur d'être en relation sont priés de nous communiquer les noms et adresses des personnes que nos catalogues peuvent intéresser.

ACHEVÉ D'IMPRIMER

SUR LES PRESSES DE

DARANTIERE, IMPRIMEUR A DIJON

le 5 août 1878

POUR

ÉDOUARD ROUVEYRE

LIBRAIRE ET ÉDITEUR

A PARIS